A. G. TEIXEIRA E SOUSA

O FILHO DO PESCADOR

Coleção
GRANDES CLÁSSICOS DA
LÍNGUA PORTUGUESA
VOLUME 17

BRASILIARIS

Editor-chefe:
Tomaz Adour

Capa:
Spirit

Revisão:
Equipe Vermelho Marinho

Diagramação:
Marcelo Amado

Texto revisado segundo o novo Acordo Ortográfico da Língua Portuguesa.

Dados Internacionais de Catalogação na Publicação (CIP)
Fabio Osmar de Oliveira Maciel – CRB-7 6284

S725f

Sousa, A. G. Teixeira e, 1812-1861
O filho do pescador / A. G. Teixeira e Sousa. – 1. ed. – Rio de Janeiro : Brasiliaris, 2023.
122 p. ; 21 cm. – (Grandes clássicos da língua portuguesa ; v. 17).

ISBN 978-85-8265-271-8

1. Romance brasileiro. I. Título.

689-069-23 CDD : 869.93

Índice para catálogo sistemático:
1. Romance : Literatura brasileira 869.93

EDITORA VERMELHO MARINHO USINA DE LETRAS LTDA

Rio de Janeiro — Departamento Editorial:
Avenida Gilka Machado, 315 — bloco 2 — casa 6
Recreio dos Bandeirantes — Rio de Janeiro — RJ
CEP: 22795-570

VERMELHO MARINHO
www.editoravermelhomarinho.com.br

SUMÁRIO

APRESENTAÇÃO

O selo Brasiliaris é uma iniciativa da Editora Vermelho Marinho com a Spirit, que tem como objetivo resgatar todas as obras clássicas da literatura brasileira que estejam em domínio público. Independente do autor ou da época em que escreveu, a coleção pretende publicar todas as obras de todos os autores que estejam disponíveis para publicação ou digitalização.

É um trabalho de longo prazo, pois citando apenas alguns autores muito conhecidos, como Machado de Assis, José de Alencar e Joaquim Manuel de Macedo, descobrimos que eles têm uma obra muito extensa, incluindo romances, contos, novelas, poemas e textos teatrais, fora artigos em ensaios. E muitas dessas obras não se encontravam mais no mercado. Até agora.

Tomaz Adour, o editor da coleção, já vem fazendo este trabalho de resgate há mais de 10 anos, conseguindo trazer de volta ao mercado autores do porte de uma Júlia Lopes de Almeida, A. G. Teixeira e Souza, Paulo Setúbal, Coelho Neto, Francisca Júlia, Bruno Seabra, Carmen Dolores, Martins Pena, João do Rio, Coelho Neto, Chrysanthème, entre tantos outros que lançou na Coleção Grandes Clássicos.

Com o apoio da Spirit e sua experiência em design aliada à sua paixão pelos livros, estes e outros autores irão ganhar roupagem nova, com edições especiais com orelhas, edições especiais em capa dura, além de ebooks a preços acessíveis para todos os leitores.

Este projeto ambicioso é uma forma de levar ao público tudo de bom que foi produzido em nossa literatura, permitindo que os leitores tenham acesso não apenas às obras mais famosas dos principais autores, mas também a obras que estão fora do mercado há décadas ou mesmo séculos. Com isso, um leitor que se apaixonar por um livro de um autor poderá conhecer toda a sua obra.

É um trabalho de garimpagem. Temos mais de 10.000 obras a serem publicadas e estamos atrás de obras perdidas, esquecidas ou que possuem poucas cópias em bibliotecas ou coleções particulares. Por isso, todo apoio é bem-vindo. Cada leitor ou amante de livros que deseje sugerir ou indicar uma obra receberá os créditos e será um colaborador da coleção. Acreditamos que, desta forma, obras perdidas ou com cópias desgastadas poderão ser resgatadas, desde que haja um colecionador ou uma biblioteca que a possua. Se quiser colaborar, basta nos escrever.

Que os leitores possam descobrir cada vez mais as obras de uma das literaturas mais importantes do mundo!

7

CARTA À EMILIA

QUE SERVE COMO PROÊMIO

Tantos são os respeitos, e tão sincera é a estima, que vos tributo, virtuosa Emília, que não acho desculpa que plausível seja, recusando-me ao vosso pedido.

A leitura da vossa ultima carta me fez plenamente ver que muito produziu em vossa imaginação a leitura do meu poema ou romance - *Os Três Dias de um Noivado.*

Estou contente. Agora exigis de mim um romance em prosa: a tarefa é-me difícil, não pela obra em si própria, mas pelas pessoas a quem ele deve se dirigir, porque me dizeis que desejais um romance para vós, vosso marido, vosso filho e vossa filha!

Que tarefa! Um romance para uma senhora casada e mãe; para um marido e pai, e enfim para dois jovens.

De quantos sei, nenhum conheci digno disto, e este de que lanço mão é só em falta de outro melhor. Vós o julgareis. Como minha verdadeira amiga e próxima parenta, conto com a vossa indulgência: quando não poderdes combinar com o meu modo de pensar, rogo-vos que me não arguais sem previamente me ouvirdes. Conto-vos, pois, uma história que me hão contado.

Escrevo para agradar-vos; junto aos meus escritos o quanto posso de moral, para que vos sejam úteis; junto-lhes as belezas da literatura, para que vos deleitem. Não corrijo este meu escrito, porque essa honra vós lhe fareis!

Se me compreenderdes, tenho chegado ao fim a que me propus. Onde me julgardes muito conciso, estudai-me, e então compreendereis mais do que digo e até o que não digo; mas onde me virdes muito difuso crede que há muito mais do que o que digo!

Entendei-me e serei feliz. Tenho saudades de vós.

O vosso fiel amigo,

T. e Sousa.

CAPÍTULO 1

MAS EU SOU TÃO POBRE!...

A descrição das cenas da natureza é a pedra de toque do escritor! Descrever estas cenas está ao alcance de qualquer gênio medíocre; mas empregar nesta pintura as verdadeiras cores precisas e nos seus devidos lugares, é sem dúvida o ponto mais difícil de atingir na poesia descritiva ou pintura da natureza. Desculpai-me, pois, se mal o vou fazer. É sempre no meio desses belos quadros da natureza que amor ama revoar.

No meio dos imensos encantos de uma risonha primavera, ataviada de todas as galas de que é suscetível a mais brilhante de todas as estações, uma aurora verdadeiramente mágica começava de espreguiçar-se sobre um céu puro e sereno, e entre as auri-roxas sanefas de um horizonte adornado de todas as pompas matinais. Vistosos festões de uma alegre púrpura entrelaçavam interessantes rosas de ouro, que recamando um céu a que não toldava a mais ligeira nuvem de procela, ofereciam nesse imensurável espaço da sidéria campina o mais agradável contraste da púrpura de Tiro com o ouro de Ophir, sobre o belo azul de um céu brasileiro em uma manhã de primavera!

Uma feiticeira e voluptuosa aragem, respirando meigamente da parte do oeste fazia correr sobre a líquida face da formosa baía de Niterói uma ligeira ondulação, que suavemente empurrava sussurrantes e brincadoras ondas, que molemente se escoavam a saudar a branca praia com um amortecido beijo, cujo doce murmúrio ia-se enamoradamente quebrar nos bosques e nos mais vizinhos rochedos!

O viçoso tapete dos campos, entretecido de verde grama e de alastrantes ervas, esmaltado de mil e de milhares de flores, várias no seu tamanho, no seu feitio e no seu colorido; parece agora tecido de brilhantes fios de prata, que refletiam ao primeiro raio do nascente sol: era o orvalho da madrugada, que sustido sobre a relva da campina, a tornava argentada, de uma maneira elegantemente encantadora!

A branda rola do prado sacudindo as úmidas asas com amoroso arrulhar, gemia enamorada junto dos implumes filhinhos, enquanto o terno companheiro fatigava as leves asas, buscando sustento para a tão querida família!

Era ali o mais tocante quadro do amor conjugal!

A branca flor da laranjeira, emulando-se com o cândido jasmim, exalavam juntamente a mais delicada fragrância, convidando as outras flores, para que unidos aos delas seus perfumes, embelezassem com seus voluptuosos presentes este quadro sedutor de uma natureza tão bela, quanto profícua!

O requebrado gorjeio do ledo gaturamo, os belos trinados do lépido canário do Brasil, acabavam esta mágica cena de feiticeiros encantos com a simpática grinalda de inocentes hinos, tecida pelos amorosos cânticos dos alados da selva!

Era dia!...

O primeiro raio do sol deslizado por sobre as espumantes ondas do oceano, com um furtivo tocar, depunha incerto um como pálido véu sobre a branca frente de uma bela casa, situada à margem do Atlântico, sobre a deliciosa praia de N. S. da Copacabana, distante do coração da cidade do Rio de Janeiro duas léguas, pouco mais ou menos.

Um ameno jardim, custosamente e com gosto plantado e cultivado, oferecia sobre o fundo desta casa um belíssimo lugar, não só para os passatempos da vida do extravagante, como também para as melancólicas meditações do poeta!

Neste lugar de delícias, do fundo de uma espaçosa rua, acabava de saudar o nascimento do astro do dia uma mulher, que nesse mesmo desalinho do primeiro despertar, nada lhe faltava de quantas graças a natureza liberaliza aos seus prediletos!

No meio dessa bela desordem, que se notava na linda madrugadora, diríeis que apenas tomando os seus vestidos e apertados ligeiramente, se havia precipitado ao jardim, para aí disputar gloriosamente às aljofaradas flores os fugitivos beijos dos suspirantes zéfiros! Seus louros cabelos, enquanto uns se notavam preguiçosamente presos por um pequeno pente, outros caídos sobre seus alvos ombros, embalados sobre as asas da branda aragem da manhã, vinham, ora enternecidamente, beijar suas faces de rosas; ora voluptuosos oscular seus lindos lábios de rubis. Seus grandes olhos azuis, onde parecia que um belo céu se refletia com encantadora serenidade, tinham um não sei quê de mágico amortecimento, que lhes prestava mais importantes graças! Era o humor sonolento da derradeira hora do despertar; e as negras roupas com que então se vestia formavam uma bela e verdadeira antítese de tanta brancura, e tão variadas graças, com a sombria e única cor do luto! Se não fosse a cor de seus vestidos, vós me perguntaríeis se é Flora que, no meio de um deleitável vergel, em cada ósculo que recebe do favônio, anima uma linda flor? Não; o personagem que acabei de pintar-vos não é uma existência mitológica, não é uma criatura poética, é uma realidade!

Que hora para quem ama! Que ocasião para amantes! Que lugar para os mistérios de amor!

A gentil madrugadora de Copacabana, tendo lentamente passeado a rua do jardim, foi finalmente assentar-se sobre um banco, debaixo dos longos e frondosos ramos de uma veneranda mangueira, sobre cujo tronco dois séculos haviam deixado seus tardos vestígios; e depois de ter feito vaguear seus olhos pelo amplo dos mares que ante ela se desenrolava, trouxe-os ao depois a contemplar as ondas, que em incessante lida vinham com murmurinho rouco despedaçar seus furores de encontro à impassível dureza dos sobranceiros rochedos. Ela meditava!

Há poucos minutos durava esta cena, quando alguém de um modo afetuoso murmurou seu nome! Ela ergue-se rapidamente e voltando a ver quem a chama, um mancebo está de joelhos a seus pés... A moça o encara e fala:

— Senhor...

— Eu te amo mais do que à minha própria vida...

— A mim!... Senhor, a mim?...

— Sim, a ti, minha bela náufraga... a ti... acredita-me, eu te amo...

— A mim tão pobre! Vítima da desgraça! Cercada da miséria, escapada a um naufrágio que se tu...

— E que importa tudo isso? Eu te amo, e é quanto basta. Sai, pois, da desgraça, sim, vem aos meus braços; vem ser minha, minha para sempre, minha esposa enfim!...

— Senhor, mas vosso pai...

— Ele consentirá. Oh, sem dúvida...

— Mas eu sou tão pobre...

— E que importa? Não tenho bastantes bens da fortuna para a nossa felicidade? Não te amo eu? Sendo igualmente por ti amado, que mais precisaremos? Nada, pois, nos falta, temos riquezas... Oh! Tanto não é mister a quem ama.

— Pois bem, senhor, fazei o que quiserdes, eu vos sou grata.

— Não; não é a tua complacência, nem um amor filho da tua gratidão, que hoje te suplico; é um amor puro, livre e independente de qualquer ideia de agradecimento; um amor como este em que me abraso...

— Pois bem, eu vos amo.

CAPÍTULO 2

MAS, MEU PAI, EU AMO!

Quando amamos, nada é tão mortificante para nossa alma do que ouvir raciocínios contra o nosso amor. Nesse delírio, as mais absurdas mentiras que lisonjeiem a nossa paixão, têm em nossa inteligência o critério da verdade. Então sonhamos acordados com a suprema felicidade, cuja existência é só em nossa escaldada imaginação; mas o letargo de amor é tão doce, que quando nos dizem que despertar dele seria um benefício para nossa alma, temos por venenoso um tal benefício, e pedimos aos nossos amigos que não anulem o nosso amoroso dormir.

Entre os poucos moradores da Copacabana naquela época, havia um velho pescador, mais célebre pela sua vida honrada, e ainda por alguma tal e qual instrução, em harmonia com as escassas luzes da mísera colônia, do que pelas suas riquezas, que poucas não eram. Viúvo de uma mulher, a quem havia ternamente amado, desvelou-se sempre na educação de um único filho a quem estremecidamente amava; e ele era digno de tão grande amor!

Pouco nos devemos importar com o nome desse bom velho, porque além de nos não ser mister, ele era conhecido por todos pelo *Pescador de Copacabana*; seu filho era geralmente o *Filho do Pescador*, chamado por todos.

Uma mulher escapada a um naufrágio era hóspede desta boa família.

Há pouco vós vistes um mancebo aos pés de uma linda dama declarando-lhe um terno amor. Vós adivinhareis que o mancebo ê o Filho do Pescador, assim como sabeis que a bela senhora é a náufraga.

Poucos minutos depois dessa cena, um diálogo era energicamente sustentado entre um mancebo e um venerando ancião; este dizia:

— E pensaste bem, meu filho, no que queres fazer?

— Sim, meu pai.

— E conheces tu essa mulher a quem te queres ligar e ligar para sempre? Sabes qual seja a sua pátria, sua família, seu estado e enfim seus costumes?

— E o que há de comum entre essas coisas e o nosso amor?

— Todavia, eu se me quisesse casar, levaria tudo isso em conta.

— Vós vistes que, salva do naufrágio, chorava a morte de seu marido morto no mesmo...

— E quem te pode afiançar que fosse seu marido? Podia ser seu amante...

—Ah! Meu pai, não façais tal injúria a tanta beleza.

— Por isso mesmo: as belezas estão mais sujeitas aos caprichos do mundo. Supondo, porém, que seja ela uma viúva; qual é a felicidade que julgas encontrar desposando-a tu?

— Há de restaurar o meu sossego perdido por sua causa, e há de viver sempre e para sempre como a eleita do meu coração, para glória do meu amor...

— E o que é amor? Ah, meu filho, eu já fui moço como tu és; também já por mim passou esse delicioso tempo em que indômita a insólita liberdade, toda ufana de si, gosta de brincar com ferros, achando não sei quê de belo em ouvir os seus pavorosos estrondos! Também já cursei aulas como tu, e os estudos adquiridos durante a minha mocidade me não serviram para regular a vida.

"Tarde... foi bem tarde... foi depois que em mim se arrefeceram as intensas chamas do fogo da mocidade, que eu pude conhecer todas essas ilusões que tanto embelezam a vida adolescente! Murcharam-se as flores da minha primavera, corromperam-se os frutos do meu outono e seguiu-se-me o inverno dos anos. Foi nessa estação da idade que eu, frio e calmo, cheguei a conhecer os desvarios dos meus primeiros anos! E aquele que entre os filhos das ciências podia talvez ter um nome, em consequência de suas extravagancias se viu reduzido a um simples pescador!"

Neste lugar duas lágrimas geladas, forçando os olhos do velho, vagarosamente se escoaram ao longo de suas faces! Ele arrancou um suspiro de dor e continuou:

— O que é amor? Um afeto que principia por um prazer dos olhos, uma dor do coração e uma aflição d'alma! Um momento de entusiasmo produz tudo isto, e um momento de calma destrói! Nesses instantes de delírio, que chamamos amor, não há considerações, não há respeitos; aniquila-se o passado, pulveriza-se o futuro: o vício é nada, a virtude ilusão, e um único pensamento constitui o universo do amor — Quero! Deveres e direitos do homem, as leis divinas, a pátria, os mais sólidos princípios de eterna justiça, os foros da razão, as mais santas e antigas afeições, tudo se sacrifica ao amor, tudo cai destruído, e sobre suas ruínas, que formam um detestável sólio, é colocado este imperioso — Quero!

"Pois bem, goza-se o objeto amado, o tempo foge e o ruim fado, ou a inexorável morte, nos priva dele: agora deixa que corra sobre esta tão sensível perda quatro, ou cinco, ou seis anos, um espontâneo esquecimento ou novos prazeres da vida, ou um novo objeto vem fazer-nos esquecer os nossos primeiros amores! E agora? Onde, pois, estão os delírios desse primeiro momento de um louco amor ou dessa paixão invencível? Tudo desapareceu!

Por outra, gozamos o objeto dos cultos do nosso coração; ao cabo de poucos anos passamos uma revista em nossa alma, procuramos nela esse antigo amor que tanto produziu de prodígios; o que achamos? Apenas uma estima... derradeiro milagre de uma prodigiosa constância.

Demais, serás tu sempre senhor absoluto das tuas afeições? Tens em tuas mãos, sujeitos sempre em tudo e por tudo, os afetos de tua alma? Estás tu seguro, que esse objeto, ídolo hoje do teu coração, nunca incorrerá no teu desagrado? Tens certo amá-lo, amá-lo sempre? Quem te assegura? Supõe agora que vives no meio da pobreza: qual consolação acharás, qual distração nos teus enojos e agonias? Mancebo, julgas que seja sempre imutável o teu ânimo? Acredita-me que não! A mudança é o primeiro e principal timbre da humanidade: hoje tu não és o homem de ontem: cada uma hora que o tempo escoa é para o homem uma mudança, que se faz sentir no fim de mais tempo. Não para muito tarde vem todos os fastios de que é suscetível uma vida monótona; o coração arfa ambicionando uma desordem, cuja consequência seja uma nova vida por uma nova ordem de acontecimentos, para pasto do coração. Os laços, então já formados e indissolúveis, tornam-se de um peso insuportável: sofre-los é fastio, desatá-los é desonra!

As distrações, esse mágico instrumento, de onde o coração ama o tirar continuamente agradáveis e variados sons, parece agora que afinadas todas as suas cordas pela liberdade ansiosa, se oferecem ao coração, para que sejam por ele tocadas... resistir-lhes é impossível; não resistir-lhes, importa o ser um não bom marido!

Vós outros mancebos, entusiastas de amor, que mal conheceis a vida; vós blasonais de amor e de um amor virtuoso... que quimera! E isso existe? Acredita-me, meu filho, esse amor mui raro pode existir. Amor é uma fera faminta de gozos que se não tranquiliza a respeito do seu objeto, sem que o tenha completamente devorado! Se a virtude do amor está em sacrificar-se tudo ao bem que se ama, deve seguir-se, que para sermos virtuosos amantes, é mister calcarmos tudo quanto se opõe à posse desse bem que cobiçamos, embora nesse tudo entrem as mais sagradas leis... obedecer-lhes sem combatê-las, importa sermos fracos e indignos amantes.

Agora dize-me tu que amas uma mulher, porque é bela e só porque é bela; quando o tempo arrebatar consigo esses fugitivos encantos, o que amarás? Julgas que uma mulher linda seja uma estátua, sobre cujos traços se vão deslizando pouco a pouco desapercebidos séculos?...

— Mas, senhor...

— Ouve-me ainda, tem paciência; eu te ouvirei por meu turno. Essa mulher a quem hoje amas, moça como a aurora, linda como a primavera, será, como todas as outras, vítima dos estragos do tempo e dos desgostos, pois para não senti-los fora mister não viver! As lidas da consorte, os incômodos da família, os trabalhos que dão os filhos, etc., dando mais vigor à força da idade, apagarão bem depressa os seus sedutores encantos. E que mudança! Oh! Tu acharás um maço de derrotados e brancos cabelos, onde flutuavam os longos cachos de dourados e graciosos fios! Uma face rugosa e pálida em lugar do maravilhoso composto de cândidos jasmins e de pudicas rosas. Duas escalavradas gengivas, que outrora sustinham duas ordens belas de alvos e bem ordenados dentes! Dois olhos encovados e amortecidos, onde brilhavam dois lindos pedaços de um sereno céu! E finalmente as ruínas, os despojos do tempo amontoados sobre carunchosas e desusadas aras de amor, no que outrora fora santuário da beleza.

A alguns destes sofismas que de envolta com sólidos argumentos iam, o hábil velho pescador juntou mais alguns outros; e tendo acabado, seu filho lhe disse:

— E se ela fosse rica, meu pai?

— Nem assim te aconselhava que casasses, ainda que fosses muito pobre; porque cá para mim, julgo que o casamento em nenhum caso é felicidade.

— Então, meu pai, grassando a vossa doutrina, ninguém se casará...

— E que tenho eu que os outros se casem ou não? Eu só aconselho meu filho; a natureza deu-me este direito. Eu te asseguro que nunca me ouvirão dizer a pessoa alguma que o faça ou não.

— Então, visto as vossas considerações, que devemos fazer?

— Não casar. Meu filho, nas mesmas delícias do consórcio há dolorosos pesares! A primeira delícia dos casados é os filhos... mas as dores maternais, os sustos, os trabalhos da educação dos filhos, seu estado, seu futuro... e custa tanto a ser-se um pai feliz...

— Mas, meu pai, eu amo...

— Em verdade esse é o argumento o mais enérgico e o mais eloquente de um moço amante. E se eu não levar a bem um tal casamento?

— Meu pai... — disse o mancebo, beijando ardentemente a mão do velho.

— Oh! Nada de violências; faze o que quiseres e Deus abençoe os teus destinos. Peço-te, porém, uma coisa, e é que, se algum dia a experiência justificar-me, exclames no meio do teu arrependimento: "Oh! Meu pai!..."

CAPÍTULO 3

VIVAM OS NOIVOS!

A humanidade é um imenso livro; cada um homem é um capitulo dele, *e cada acontecimento do homem forma uma lição deste grande livro! Por mais que vos canseis, vós não encontrareis duas lições iguais, pois aquelas mesmas que mais semelhantes vos parecerem, se bem as estudardes, achareis não poucos pontos de desconveniência. É sobre estas lições que o homem aprende e ensina. O estúpido passa por elas com a mesma indiferença com que a seta corta os ares; o sábio, o meditador, é sobre eles que formam a sua ciência! Em tudo se aprende e em tudo se ensina. Quando eu vos dou uma cena risível, conquanto não desaprove o vosso riso e até vos fique obrigado por ele, todavia a minha exigência vai mais longe.*

— À prosperidade dos noivos!

— Vivam os noivos, vivam os noivos!

— À saúde dos amigos dos noivos!

— À mesma, à mesma!

— À saúde das madrinhas!

— À saúde das madrinhas!

— Vivam as madrinhas!

— Vivam os padrinhos!

— À saúde do Sr. Jorge!

— Sr. Jorge, à sua saúde!

— À saúde do mesmo senhor!

— Viva o Sr. Jorge!

— Obrigado, meus senhores!

— Viva, viva o Sr. Jorge!

— Obrigado, obrigado!

— Viva o Sr. Anastácio!

— À saúde do mesmo senhor!

— Vivam, meus senhores.

— À saúde da Sra. D. Joanna!

— Para servir a vosmecês por muitos anos.

— Viva a mesma senhora!

— Na sua graça, meu senhor.

— Bravo, bravo...

É na verdade um belo meio este de se enxugar uma boa meia dúzia de copos de vinho do Porto!

Enquanto rodavam estas e outras saúdes, o bom do Sr. Jorge, que era um dos padrinhos, arrimado a um canto da mesa, tasquinhava mui desencalmadamente em uma perna de leitão, cuja gordura, alambazando-lhe a sórdida barba, lhe escorria em fios pelos cantos da boca. O nosso belo comilão não se descuidava de ajudar a digestão com repetidos copázios, cujas elevadas bordas continuamente afogava, e cujo fundo sem cessar expunha ao vento.

— Olha o velho Jorge... — diziam os rapazes, mofando do velho Jorge, que por seu turno nem um caso fazendo deles, só lhes respondia entre o estrondo de risadas ébrias:

— Obrigado, obrigado...

— Minha senhora, quer que a sirva com um pouco deste belo guisado? Deve estar superlativo — assim assoprava a voz adocicada de um belo gamenho todo cheio de si.

— Pois não; se se não incomoda...

— Oh, minha senhora!... Antes com muito gosto. Eis aqui.

— Minha senhora, à saúde das pessoas que lhe estimam.

—Viva.

— Sr. Jorge, à saúde do Augusto e da Sra. D. Laura.

— Oh! A esta sou obrigado.

— À mesma.

— Vivam os noivos.

— Vivam, vivam os noivos.

— E que seja por muitos anos, e com muitas felicidades.

— Dos noivos bebo à saúde.

— Bravo o verso, bravo...

— Então quem improvisa?... Ninguém?

— Então, meus senhores: pois numa rapaziada tão luzida, não há quem improvise uma décima?

— Toca a roer as unhas...

— É boa inspiração...

Um dos da companhia bate as palmas e pede atenção.

— Silêncio, meus senhores, silêncio...

— Cio... cio... silêncio...

— Silêncio...

— Oh!...

— Silêncio...

— Tudo está calado.

— Mas não o senhor.

— Silêncio, meus senhores...

Houve um momento de silêncio, e logo uma voz disse:

— À sou poeta d'água doce, então até quando quer que estejamos calados?

Entre o estrondo de longas risadas alguém disse:

— Ora, meus senhores, silêncio por um momento...

— Ah! Gosta de versos, minha senhora?

— Muito.

— Então caluda; a Sra. D. Julia gosta muito de versos.

— Sinto não ser poeta, minha senhora...

— E para quê?

— Para cantá-la em um lindo epicédio...

Dois da companhia sorriram-se, quatro ou seis tiveram um frouxo de riso e o nosso pedante, mais espantado, lhes diz:

— Por que riem? Disse eu alguma coisa má? Fazem obséquio de dizerem?

— Não; muito pelo contrário: é tão bom o que disseste, que nos obrigou a rir...

— Mas os senhores fazem-me desconfiar.

— Bravo, bravo, desconfiou, desconfiou.

— Hoje dir-se-ia mais elegantemente deu cavaco.

— Ora adeus; mas os senhores riem e quem não me entendeu suporá que eu disse alguma asneira.

— Ora, Juca, não te zangues — disse Augusto.

— Então a décima?

— Ah! Sim, a décima, a décima...

MOTE

Dos noivos bebo à saúde.

GLOSA

Enquanto sobre esta mesa
Esta bela companhia
Desfruta com alegria
Prazeres da natureza;
Enquanto... enquanto...

— Enquanto do estro a magreza...

— Ora, Sr. Moura, deixe que o Sr. Tomás acabe a décima... Repita, Sr. Tomás...

— Nada, nada; não digo mais...

— Ora, por quem é, Sr. Tomás...

— Enfim a senhora manda...

MOTE

Dos noivos bebo à saúde.

GLOSA

Enquanto sobre esta mesa

Esta bela companhia
Desfruta com alegria
Prazeres da natureza;
Enquanto a gentil beleza
Conquista aqui peito rude,
Eu empinando um almude
De vinho bem generoso,
Contente, alegre e gostoso
Dos noivos bebo à saúde,

— Bravo, bravo... viva o Tomás...

— À saúde do Tomás.

— Sr. Tomás, viva.

— Muito obrigado, minha senhora.

— Agora lá vou eu; queiram ouvir-me — disse um alegre maganão de bom gosto.

— Está bêbado.

— Lá vai verso.

— Venham, venham eles.

— Lá vai verso.

— Pior está esta!

— Aquilo é bebedeira.

MOTE
Dos noivos bebo... à saúde.

GOLOSA
— Goloso será ele

Enquanto certo poeta
(Não sei se já lhes contei!)...
Faz versos... também farei
A minha décima pateta.

— Agora unzinho mais curto.

— Fora o poeta!

— Ouçam, meus senhores, ouçam; o negócio é serio.

— Sim, sim, acabe.

— O que está dito, está dito, eu continuo.

— Vamos a isso.

— Enquanto cada um se afeta...

— Ó homem, esse também nasceu nos dias grandes.

— É verso e companhia...

— Ora, deixe-me acabar.

— É justo; deixem o senhor acabar.

Todavia o bom do poeta continuou assim:

Enxugando o seu almude
Entre esta canalha rude,
Composta de beberrões,
Eu cá, com os meus botões,
Dos noivos bebo à saúde

— Bravo, Sr. Julião, bravo.

— Muito bem, muito bem.

— Ao Sr. Julião, visto que também faz versos, e se diz geralmente que os poetas não se descuidam de beber; como acontece que o ar do campo desafia muito o apetite, será bom que vosmecê quando vier a alguma súcia fora da cidade seja só...

— Como assim?

— Quero dizer que não traga outra vez os seus botões, que bebem por doze bêbados...

— Bebem como mil diabos! — acrescentou outro.

—Sr. Lúcio — disse então uma bela senhora e mui grave— , tenho lido em manuscrito algumas poesias suas...

— Nem há coisa alguma minha impressa, minha senhora.

— Bem o sei: mas não me fará a graça de fazer uma colcheia a um assunto que lhe eu der?

— Não improviso, minha senhora.

— Escreverá; temos papel e tinta bem perto.

— Pois bem, minha senhora, por servi-la.

— Eis o assunto:

Amo a quem não sabe amar,
Aborreço a quem me adora.

Um respeitoso silêncio reinou então, e o aspirante da poesia escreveu e leu o seguinte:

MOTE

Amo a quem não sabe amar,
Aborreço a quem me adora.

GLOSA

Sem um passo recuar
Bem perto vejo o meu dano!
E buscando o meu tirano
Amo a quem não sabe amar!
O que me busca alcançar
Então meus fados deplora;
Porém quando ele me chora
Com piedoso coração,
Lhe insultando a compaixão
Aborreço a quem me adora!

Os bravos e vivas retumbaram por algum tempo: houve saúdes, agradecimentos, muitos vivas ao Sr. Lúcio, etc, etc...

Finda esta algazarra, um dos nossos *patuscos* disse a Julião:

— O' Julião, como é aquele verso da tua décima, que principia: "Eu cá com?..." Achei graça nestes saltinhos; é bonito, homem... "Eu cá com..."

Houve muitas risadas, ditos jocosos e alguns picantes? Como sempre dizem os senhores que *chalaceiam;* e ainda algumas afrontas indiretas, que são levadas em tom de brinco nessas ocasiões.

Os meus leitores mui bem terão previsto que de garrafas se não teriam aqui despejado! E decerto a alegria era já demasiada!

Também os leitores muito bem sabem que toda esta função era por causa dos personagens que já otimamente conhecem, isto é, a madrugadora do meu primeiro capítulo, e o mancebo que a seus pés declarou um terno amor. Também já sabem que estes dois personagens chamam-se, ele, Augusto, e ela, Laura, como todos a tratavam: havia pois, oito dias que na matriz de S. José tinham pronunciado seus votos conjugais ante os santos altares.

Foi oito dias depois dos desposórios, que Augusto convidou os seus amigos para os banquetear, e assim lhe ajudarem a vasar algumas garrafas, o que desempenharam *optimè cum laude!*

Estes mancebos, com poucas exceções, eram destes moços de que muito abundam as grandes cidades, isto é, eram alguns destes belos espíritos de educação mulheril, em tudo efeminados, que atam com graça um lenço ao pescoço, que se vestem com elegância, que dançam sofrivelmente um *minuete*, que falam rapidamente sobre matérias em demasia sérias, que são para eles incompreensíveis mistérios, e difusa e eloquentemente sobre coisas vulgaríssimas.

Findo o jantar, ficaram as damas na sala, e a nossa amável rapaziada dirigiu-se a refrescar as escandecidas cabeças, que então fumegavam, embaixo de uma velha mangueira. Sigamos-lhes os passos até ali. Os nossos jovens eram dos que *arrancam a má língua* o seu tanto ou quanto. Neste lugar falou-se em tudo o que se passou na mesa, quem comeu muito, quem bebeu em demasia, quem se esquentou, quem ficou bêbado, as damas que namoraram, os mancebos que fizeram corte, a quem, etc., etc., ele...

Ora, como em todas as funções há sempre um bobo, e há gente tão descarada que se embebeda ou finge-se bêbada, para com esse pé dizer o que sabe e não sabe, mentiras e verdades; era um tal André quem, com bastante graça, desempenhava esta infame parte. Cada um por seu turno lhe fazia a sua questão, a que o obsequioso André satisfazia benévolo e com diligência.

— Ó André, que te parece o Lúcio?

— Um moço que lê alguma coisa, que tem mui pouco talento e muito orgulho; bastante desconfiado e algumas vezes atrevido.

— Obrigado, Sr. André...

—Oh! Não há pelo que...

— E o Raimundo?

— Oh! Célebre criatura! Parece-me nascido de propósito para um grande proprietário de muitos bens de raiz; não há gênio mais sofredor! Lá para ele, estes respeitos humanos, pundonores, etc., são uma verdadeira quimera! Que feliz homem! Que filósofo!

— Que dizes de Sebastião?

— Que muito perde a justiça em o não ter por espião, porque nada vê que não conte.

— E o Júlio?

— Oh! Com suas fumaças de honrado e de falar a verdade, anda gordo.

— Que língua!

— Ora, isto é gracejar...

— E o Luiz?.. Olha, lá vem ele...

— Oh! Nada de falar nesse senhor, que tem mania de valente.

— E o Aurélio?

— Cáspite! O moço bonito que leva ao espelho três a quatro horas!

— E que dizes do Bernardo?

— O namora paredes?

— E o Florindo?

— Oh! É um senhor que sabendo apenas ler, fala em todas as matérias; até às vezes fala em francês e entende o latim! Dança mal um *minuete* e mal arranha uma viola, a cujo som canta algumas velhas modinhas, e tem a glória de agradar a todas as damas!...

— E o Ribeiro?

— Ora quem fala num cantador de modinhas?

— E o que dizes do Mendes?

—Que sem instrução é o nosso Aristarco!...

Esta cruel maledicência pertenceu a muitos, assim ausentes, como presentes, até que um dos da súcia, gostando mais da variedade, disse:

— Ó André, que dizes de D. Geraldina?

— A namorada do Júlio!

—Como? E o Augusto?

— E o Lúcio?

— E o Florindo?

— Diabo!... Daqui a pouco tem um cento!..

— E D. Henriqueta?

—Ah! Essa tem sempre um único namorado, com a diferença que tem no dia uns quatro ou seis, bem entendido, cada um por seu turno.

— E D. Elvira?

— É uma menina que morre por casar...

— Que língua do diabo!...

—E D. Justina?

— Ora, não fales nisso! Uma velha que se lhe meteu em cabeça namorar e casar-se!...

— E aquela que passou agora?... Olha, ainda ali vai.

— Oh! Muito respeito: quer namorados ricos, como D. Angélica quer nobres, D. Margarida militares e D. Bernarda filhos de fora!...

— E D. Juliana?

— Oh! Nada, nada de falar em senhoras casadas...

— Não era preciso que me dissessem; eu não falaria nela, que além de casada é minha parenta... porém uma senhora casada não deve namorar...

— Ora, com efeito! É certo o rifão —que o falador quando não tem de que falar, fala dos parentes!

— André, não será a única casada que namore: que dizes, hein?

— Oh! Bagatelas... uma ligeira distração.

Esta imoral cena durou até o cair da noite, tempo em que esta luzida mocidade foi convidada para uma sala, onde por muito tempo dançou-se, cantou-se, etc! Notemos, porém, que só as senhoras tinham cantado, quando alguém pediu a Florindo que cantasse uma modinha. O nosso presumido gamenho esquivou-se com estudada cortesia, até que rogado fosse por alguma senhora; ele o foi, e o namorador profissional, juntando uma débil voz, bem que entoada, ao som de uma viola cantou a seguinte

MODINHA

Se quando ainda eras livre
Eu te visse, ó linda flor,
Ou tu serias só minha,
Ou eu morrera de dor;

Mas si quebrares
Teus duros laços,
Gentil pastora,
Vem a meus braços.

Reparte ainda comigo
Metade do teu amor;
Um teu sorriso é bastante
Pra terminar minha dor;
Mas si quebrares
Teus duros laços,
Gentil pastora,
Vem a meus braços.

Muitos bravos, muitos vivas, muitas palmas soaram por toda a sala; depois alguém perguntou a Florindo quem era o autor da bela poesia que acabara de cantar.

— Eu mesmo, minha senhora — disse o gabola.

Nada, porém, mais falso, pois que o impostor apenas tinha feito nos versos algumas alterações talvez com seus fins...

A modinha, pois, era deste modo:

Como permitiu meu fado
Que eu te visse, ó linda flor,
Ou sê minha eternamente,
Ou eu morrerei de dor.
Comigo tece

Ditosos laços,

Gentil pastora,

Vem a meus braços.

O primeiro verso da segunda quadra era:

Reparte, meu bem, comigo.

Tudo o mais do modo como que se vê acima.

Uma senhora honrou também a companhia com sua agradável voz, acompanhada por seu saltério. O divertimento durou até tarde. É isto o que se chama em nossos dias bailes; convém saber, uma sala de inocentes divertimentos, onde uns dançam, outros tocam, alguns cantam, estes comem, aqueles bebem; de um lado jogam, de outro conversam, os moços namoram, os velhos murmuram, e entre os convidados há uns que veem e ouvem muito, assim como outros surdos e cegos inteiramente.

O divertimento durou quase toda a noite; dormiu-se até tarde e no outro dia, depois do almoço, desfez-se a companhia. Florindo, antes de retirar-se, depôs nas mãos de Laura um papel escrito: e o que era ele? Os versos da modinha que cantara e que ela lhe havia pedido.

A maior parte dos meus leitores, tendo acabado a leitura deste capitulo, dirá: "Certo que era bem escusado este episódio; eliminado ele deste romance nem uma falta pode causar." E em verdade eu próprio já o disse a mim mesmo; porém considerai-o como um fundo escuro do meu painel, e entretanto mais salientes serão os traços coloridos de minha pintura.

Lembrai-vos ainda que é à custa de alguns sacrifícios que se descobre a verdade.

Lembrai-vos da minha epígrafe neste capitulo. Há muita gente, e gente de juízo, que diz que não tem tratos familiares, nem em sua casa banqueteia senão à gente séria e bem educada. Perguntai-lhe se tem razão?

Depois da leitura deste capítulo, ou antes no princípio do subsequente, figurai-vos que mais de trezentos e setenta dias se tem passado depois destas núpcias, e que o pai de Augusto, o velho pescador, já não vive.

CAPÍTULO 4

DEUS É GRANDE!

O decurso de alguns anos não é a melhor prova de amizade, e nem tampouco uma liberdade familiar; isto pode todavia provar uma tal ou qual confiança, mas não uma dedicação augusta, capaz dessas extremas virtudes, que tanto embelezam a amizade e enobrecem seus fins; capaz desses sublimes sacrifícios, que elevam o coração humano até a bem-aventurada órbita da suprema ventura de uma santa amizade! Uma experiência a tempo é talvez o melhor toque para esse ouro tantas vezes falsificado. Uma amizade que não tem em seu favor senão o tempo, será um afeto, mas tão somente em potência (permiti-me a expressão), uma amizade que tem em seu favor a experiência é *um afeto em* ação! Às vezes um ente bem desprezível, pelo seu estado, nos é *mais favorável que um, a que chamamos amigo, e a quem respeitamos!*

— Fogo... fogo... fogo... — era este o grito que partia de todas as bocas dos vizinhos de Augusto!

O sino da igreja de N. S. da Copacabana parecia estalar-se ao som de repetidas picadas. A gente corria, como louca e como sem destino: — Onde é o fogo? — Era esta a geral pergunta que mutuamente se faziam. À princípio: — Não sabemos — era a resposta, e pouco depois: — Em casa de Augusto. — Todos começaram de afluir para aquele ponto. Em menos de um quarto de hora já ninguém ignorava aonde era o incêndio, e passados mais alguns minutos, a casa de Augusto estava rodeada quase por todos os lados de pessoas e de chamas!

Era horrível de ver!

Lastimoso, e terrível espetáculo!

Diríeis que as chamas tinham sido lançadas de propósito, pois que principiando quase a um tempo pelos ângulos do edifício, e lavrando por todas as faces dele, já se desesperava de o salvar: tão adiantadas estavam por toda parte!

As chamas tinham já envolvido toda a casa; a viração d'oeste soprava um tanto rija, circunstância que muito favorecia ao fogo, que já com impetuosa veemência rompia pelo telhado em azuladas labaredas; que em grossos turbilhões enroladas em rolos de fumo negro lambiam os ares quase chamuscando as nuvens! Ouvia-se o retinir da ardente caliça que, despedaçada, estivava a terra com fumegantes estilhaços! Uma grossa trave, cujo centro era consumido pelas chamas, acabava de arrebentar-se com horrísono fracasso; e ao mesmo tempo que ela se dividia em duas, e as pontas queimadas vinham topar em terra, a crepitante labareda também se repartia em duas, correndo cada uma para os extremos superiores dos dois pedaços da rota viga, que acabava há pouco de ser uma única. E, à esta horrível laceração, uma grossa parede que acabava de desabar, unia o pavoroso retroar de seu ruinoso tombo, cobrindo o chão de calhaus de despedaçadas telhas e de destroçado madeiramento!

A noite ia adiantada, era medonha e ameaçava próxima borrasca! Ajuntai a este quadro de desolações e de horrores, o importuno clarão das chamas, o verde pálido do mato, que simulava descorar medroso diante de tanto estrago, os confusos gritos dos circunstantes; e vós tereis uma verdadeira imagem do inferno!

— Onde está Augusto? Onde está Augusto? — esta pergunta estrondava por toda parte: e de fato Augusto não aparecia!

No meio de sua família, uma mulher se havia escapado às chamas: ela se achava no mais completo desalinho; seus cabelos em desordem, seu rosto pálido, seus olhos espantados; tudo nela era confusão! Diríeis que ali estava uma vítima de um doloroso remorso, ou de uma desesperada dor! Era Laura!...

Algumas pessoas se dirigiam a ela, e lhe perguntavam por seu marido. Laura, como em um delírio, dizia tremendo, e cheia de uma horrível agitação:

— Meu marido!... — e depois de um silêncio inqualificável, soltava, como em loucura, um grito desconcertado, exclamando: — Meu marido!..

Augusto não tinha saído de casa nem antes, nem durante o incêndio; e ele não aparecia, e ninguém dava notícia dele!..

No meio desta confusão, viu-se um escravo preto correndo sobre uma parte do edifício que o fogo havia até então respeitado; ele para diante de uma janela, ergue um machado que trazia, descarrega-o sobre ela, e ao segundo golpe a janela foi escalada. O negro, ligeiro como um gato, salta por ela para dentro da casa abrasada e desaparece!...

Havia algumas pessoas sobre o telhado dessa parte ainda intacto, que buscavam, já cortando, já lançando grande quantidade d'água, salvar ao menos esse lugar; entre elas era Florindo, o amigo de Augusto, que já conhecemos, e que em sua casa se achava nesta ocasião, o que mais se distinguia.

A janela por onde saltou o escravo, colocada a um canto da casa, era unida à parede de uma meia-água, que servia de cozinha. Infelizmente já o fogo tinha aí feito não pequenos estragos. Pouco tempo depois a cabeça de um negro foi claramente divisada dentro da casa, e junto à janela dita: era o escravo que observava se as chamas lhe dariam passagem pela mesma janela que escalara.

Por fatalidade, a viga que prendia a cozinha ao corpo da casa, único ponto que a sustentava, acabou de estalar-se em um lugar consumido pelas chamas. A meia água, já muito abalada pelo fogo, desmorona- se sobre a casa para o lado da janela, deixando-a sepultada em baixo de suas ruínas... Ao estrondo deste baque seguiu-se o de aflitivos gritos: — João!... — era o nome do escravo; e os espectadores o julgaram abafado debaixo de tantos destroços! Dois ou três minutos depois, João, trazendo sobre suas costas Augusto, que estava desmaiado, disputa com a morte tanto a sua vida, como a de seu senhor, abrindo caminho por entre chamas!

Mais quatro passos, eles estariam salvos: porém essa salvação parecia impossível!

Era por uma porta que dava saída para o jardim, que João intentava a passagem, e por sobre um montão de ruínas, debaixo das quais as chamas lavravam abafadas; o negro tropeça sobre elas e sustenta-se; um pau escorrega sobre outro, este madeiro rola sobre aquele, a pilha de ruínas desfaz-se, espalham-se os combustíveis; uma espessa coluna de fumo se ergue e logo um dilúvio de fogo, que até então estava como supitado, cujas horrorosas linguetas ocuparam todo o vão da porta! Entre esta confusão apenas se ouviam os gritos de — Augusto... João... — murmurados pelos espectadores desta aflitiva cena!

O preto recua, ele parece perdido, sem remédio, mas não desanima. Para maior desgraça, a parede mais vizinha deste doloroso quadro ameaça baquear sobre os dois... um único canto da sala era o único lugar ainda não invadido pelo fogo, João abrigou-se nele: a parede desaba enfim com ruidoso estrondo! E esta mesma parede, que parecia destinada pelo gênio das ruínas para perder a João e a seu senhor, é a mesma de que uma poderosa mão se serve para conservar-lhes a vida! A parede pois caindo sobre as chamas, as abafa por um momento! Será isto um feito milagroso, ou um feito natural? Será isto acaso ou providência? Seria a mão do homem quem ateou essas chamas, e derribou essa parede, ou a mão de Deus?

A mão do homem podia acender essas chamas, a mão do homem podia precipitar essa parede, mas um só dedo de Deus era de sobra para arrancar do meio do incêndio duas vítimas que em breve iam ser pasto do fogo! Deus é grande!

Todavia, as chamas se abafam por um momento, e João, oprimido de sua querida carga, passa incólume por sobre uma ponte de ruínas, assentada sobre um oceano de fogo!

O generoso escravo não tinha bem chegado ao meio do terreiro, quando o pedaço de um grosso caibro, partido do telhado com enorme força, lança por terra os dois, que as chamas haviam respeitado!

CAPÍTULO 5

É UM HOMEM QUE VINHA FALAR COMIGO

As relações sociais variam sempre, segundo os estados, tempos e circunstâncias: o que em um tempo, em um estado, em uma circunstância pode ser crime, doutros pode ser virtude. Quando eu vos disser uma verdade que não devia ser ouvida, vós tendes direito de chamar-me inconsiderado; mas quando vós me dizeis uma mentira necessária, eu vos chamarei prudente: dizer, pois, que uma mentira é sempre um crime, é caluniar a humanidade!

Tudo está mudado! Passageiro que há pouco passeavas por esta praia, tu alegravas teus olhos numa bela casa elegantemente construída sobre aquela colina, cuja pitoresca vista dominava alegremente por estes lindos e encantados contornos!...

Agora para ante essas medonhas ruínas; cruza teus braços no meio desse montão de cinzas; interroga esse dispersos restos, pergunta-lhes se foi a mão de Deus ou a mão do homem quem os dispersou arruinados no meio de crepitantes e convulsivas chamas?

Mas eles não te saberão responder!...

Pergunta a essas ondas que com incessante furor vêm expirar, despedaçando-se de encontro a mole areia desta praia, pergunta-lhes: mas debalde serão teus ecos e sua resposta será um rouco gemido, que tu não sabes interpretar! Pergunta aos campos; eles não sabem! pergunta à brisa; ela sussurra e foge...

E então que vês? As ruínas de um belo edifício! Os despojos das chamas! E a dolorosa lembrança de tantos estragos e de tantos prejuízos!

Essas antigas montanhas, venerandos monumentos da primitiva natureza, terão também um dia de horror, uma hora de flagelo, um instante de incêndio! Esses velhos rochedos, timbres seculares da infância do mundo, terão também um dia medonho, uma hora de ruínas, um momento de incêndio! Oh! Que então soará um golpe desconhecido para a humanidade, e ao som dele será o último existir desses milagres da natureza! Mas tu não conhecerás a mão que lavra o incêndio, tu não verás o gigante que arrebata os penedos! E tudo passará!

Há poucos dias uma bela passeava pelas alegres ruas de delicioso jardim, como nos pinta a antiguidade as gentis ninfas campestres passeando pelos floridos prados! Brincões meninos corriam por estas ruas de flores, entre estes canteiros de agradáveis arbustos, ou se escondiam brincando por baixo destas risonhas ondas de verduras, ou se penduravam travessos nos curvos ramos das viçosas árvores! E hoje? Como está tudo deserto!

Era aqui que todos os domingos reuniam-se em uma risonha sociedade uns poucos de mancebos, dados a toda sorte de divertimentos, de danças, de cantos, de banquetes, de jogos, etc. E hoje?... Como está tudo mudado! Apenas uma meia dúzia de artistas são, durante o dia, os únicos habitadores dessas ruínas; e, durante a noite, a imobilidade de uma cidade desabitada, assolada pelos horrores de um terremoto, a solidão do mais inconversável ermo, e finalmente o silêncio dos sepulcros. Como está tudo mudado! Aqui, pois, precedido de um turbilhão de fogo, acabou de passar o gênio das ruínas! Como está tudo deserto!

Passageiro, procuras uma família, que, há pouco tempo habitava aqui, onde então havia uma bela casa? Ela aqui não está... Queres vê-la? Vai à cidade.

Augusto, tendo deixado sua mulher conversando com seu amigo, na sala, retirou-se para seu quarto: tranquilo em sua cama dormia o doce sono da paz, quando o incêndio principiou com seus horríveis estragos: sua mulher e seu amigo fugiram talvez no meio desse horror! Quem sabe se eles supunham que Augusto já se tinha posto a salvo? Como quer que fosse, Augusto tinha o sono sobremodo pesado, e acordando-se quase no meio de chamas e de fumo, perdeu os sentidos no momento em que uma salvadora mão travava dele, para, desejosa de o salvar, baldar à morte a vítima do fogo.

Augusto, pois, está salvo; nós o tínhamos deixado, perdidos os sentidos, no meio do terreiro, mas o cuidado dos caridosos vizinhos o restabeleceram. Senhor de todas as suas faculdades, ele contempla o incêndio, observa tantos estragos com a indiferença de Zenon, e após, solta o desprezador sorriso de Diógenes!

Augusto fez seus escravos recolherem na casa de um seu vizinho os poucos bens salvos às chamas, e aí também se aboletou com sua família. Seu amigo Florindo teve o cuidado de pôr à sua disposição, na cidade, a sua casa, ou antes de seu pai, ao que Augusto urbanamente recusou-se, não querendo ofender o melindre ao amigo, cuja casa era a em que se achava.

No seguinte dia ele escreveu para a cidade a um de seus inquilinos, para que logo e logo despejasse as suas casas, atentas as circunstâncias em que então se achava. Oito dias depois do incêndio, Augusto e sua família estavam na cidade.

Sabemos que há mais de ano Augusto está casado; também sabemos que ele ama extremosamente a sua mulher; mas o que não sabemos é se ele é porventura do mesmo modo amado. E como sabê-lo? Por exteriores provas? Oh! Não. Respeitemos o coração humano em todos os seus mistérios.

Só os Levitas de Israel podem tocar na Arca Santa do Senhor! E ai daquele que ousar de tocá-la com impura mão!

O coração humano é a arca santa de amor, e só os amantes a podem tocar! Oh! Não profanemos a arca santa de amor. O amor tem sempre seus os arcanos em todos os corações, o coração de uma mulher é um labirinto incompreensível, cujos rodeios não podem ser percebidos nem pelos gênios os mais vastos e lidadores! Não entremos pois nesse labirinto, onde devorar-nos pode o Minotauro do orgulho, sem que valer-nos possa o prestante fio da humildade!...

Se Augusto não é amado por sua mulher, quem melhor nos poderá dizer do que o tempo?

Ele tudo sabe...

Augusto era extremosamente amante de Laura, e ela extremosamente formosa, e mais extremosamente orgulhosa de seus encantos!

Os desejos dessa mulher eram para ele leis imperiosas, às quais se sacrificariam as mais absolutas necessidades! Prever os desejos de sua mulher, satisfazê-los incontinente, era para este bom dos bons maridos a maior felicidade da terral. Laura, por sua parte, de um gênio nimiamente ríspido, caprichosa, mal educada, além de atrevida;

pagava *dignamente* a seu marido as dívidas que sobre seu coração, ou para melhor dizer, sobre sua gratidão contraía todos os dias um tão estremecido amor! A princípio o seu bom marido reputava os atrevimentos de sua mulher por belas vivacidades de uma senhora de talento!... Sendo ela sobremaneira orgulhosa de seus encantos, parecendo até não amar a seu marido, era sobremodo ousada em seus desabridos ciúmes!... Célebre contradição.

Às primeiras audácias de sua mulher, Augusto respondia com beijos repudiados, com abraços não correspondidos e enfim com rejeitadas carícias!...

Foi muito tarde que Augusto reconheceu a sua falsa posição de marido, foi muito tarde que quis ostentar a sua autoridade ou supremacia conjugal! Muito tarde, porque a talentosa Laura respondendo-lhe com uma galhofeira risada, ofereceu-lhe galantemente as suas saias em justa troca de seus calções!

Além disto, Laura era a mulher dos extremos, porque sempre estava ou muito distraída, ou muito preocupada, e muito mal iam os negócios domésticos. Cumpre acrescentar que ao mais leve aviso que seu marido lhe fazia, e ainda com carinhos, ela tornava-se de fogo. Já vedes, era uma moça de talento!

As delícias deste consórcio só foram nos três, ou quatro primeiros meses, e os oito que se seguiram a completar-se um ano, foi um consórcio de tormentos pela razão dita. Quantas vezes Augusto não teria dito: "Oh, meu pai!"

Eis se não quando, repentinamente, e contra a espectação de todos, Laura começou fazer uma mudança considerável, de modo que os meses, que se seguiram depois do primeiro ano, foram dias de tanta quanta ventura pode gozar-se na terra entre os amantes braços de uma amável consorte!

Augusto, pois, se julgava bem feliz, sim, que sua mulher havia perdido todos os seus maus costumes, ameigando inteiramente o seu gênio; e pôde ainda dizer-se que de todos os seus defeitos só um lhe ficara, o ciúme, porém este, que parecia haver refinado em intensidade, tinha inteiramente afraeado em seus furores! Sim, que esse ciúme agora só parecia um afeto brando, filho de um amor extremoso, ou antes de um terno afeto mais do que delicadamente sentido, que era esse amor agora tão suavíssimo!

Vós direis sem dúvida: "Laura ama a seu marido!" Pois bem. Não vos dizia eu que respeitássemos o coração humano em todos os seus mistérios!

Augusto, pois, se julgava bem feliz, e nem indagar queria o motivo da mudança de sua mulher...

Como é misterioso o coração do homem! Sofremos um dano, sabemos que ele nos vem de uma certa mão, que não conhecemos; esta ideia de não conhecermos o autor de nossos males os faz avultar em extremo! A lembrança de que há um mortal que causou nossas desgraças é para nós uma ideia terrível! Quiséramos conhecê-lo para vingarmo-nos, ou ao menos odiá-lo com um ódio do inferno! E, se já não vivesse mais, se mais não pudéssemos amaldiçoar seu nome, detestar sua memória e aborrecer seus descendentes! Este desejo de vingança, este sentimento de ódio são os nossos pensamentos do dia, e os nossos sonhos da noite! O dano desaparece, tornamos à felicidade, e todavia resta em nossa alma um sentimento de rancor e em nosso coração um ressentimento de ódio. Recebemos, porém, um beneficio, e por ele gozamos a felicidade; seu autor nos é desconhecido; no momento do entusiasmo de uma gratidão momentânea desejamos ardentes conhecer o nosso benfeitor, malogra-se o nosso desejo, e pouco tempo depois nem nos lembramos que há, ou houve, uma caridosa mão que benéfica nos felicitara!

Outras vezes conhecemos o nosso benfeitor e tratamos com ele quase sempre... Todo homem tem suas imperfeições, e o homem benfeitor pode ter a respeito do seu beneficiado alguma imprudência, e isto é de sobra para que passemos a esponja da ingratidão na longa pedra em que estão inscritos tantos benefícios!

Vós me perguntareis se a ingratidão é em nós um instinto, e se o agradecimento nada é mais do que o produto de um estudo?

Esta ideia, cuja tese se poderia sustentar, e talvez com sucesso, permiti que eu não desenvolva; mas vós vedes que os brutos, por natural instinto, apenas desnecessitam dos socorros maternais, deixam para sempre os autores de seus dias: é o instinto da própria conservação que liga os meninos àqueles que os pensam, sem a menor ideia de gratidão; e todavia o menino que pende do seio, ergue uma trêmula mão para tocar naquela que o amamenta, e algumas vezes, com ainda fracos dentes, morde o seio que o alimenta!

Ainda assim, se o agradecimento é um dos mais belos filhos da educação social, nós somos bem felizes!... Sim, detestemos os ingratos, que empestam a sociedade! Não é preciso que sobre sua testa estampemos ardente o negro ferrete da infâmia, é muito que lhe digamos: "Tu és ingrato! Tu és um bruto que, debaixo de uma forma humana, vives na sociedade dos homens! Tu és ingrato... esta palavra de condenação e de opróbrio revela toda a perversidade de teus costumes! Tu és ingrato... opróbrio sobre ti!

Maldição, maldição!

Já sabemos que a casa que em Copacabana fora incendiada se acha reedificando; cumpre agora que vos diga que Augusto ali vai quase todos os dias a ver suas obras.

Durante três meses em que ele costumava ir todas as manhãs, só cinco vezes lá tinha ficado, por se não expor às injurias de horrível tempestade; e sua mulher já estava assaz prevenida para que não o esperasse em noites de grandes tormentas.

Uma tarde, era no mês de janeiro, seriam três horas, mais ou menos, quando se começa a ouvir os roucos estrondos de amiudados trovões; um frio vento do sul principia a soprar com inusitado desmandamento; o céu imediatamente se cobre de procelosas nuvens; copiosa chuva açoita as asas dos ventos; farpados relâmpagos abrasam os ares, enquanto crepitantes raios despedaçam o seio das nuvens! Parecia que a natureza tinha cansado de existir, e que, como o derradeiro lampejo de chama que expira, por último empenho, punha em jogo todos os seus horrores, a fim de lacerada por toda parte, tombar para sempre no tenebroso abismo do primitivo caos! Diríeis que era um drama de demônios, que se representava no inferno!

Pouco antes das onze horas da noite a borrasca havia cessado. Tudo era tranquilo e belo, como uma noite serena de mágica primavera! Laura em seu quarto dormia ou velava; nós o não sabemos, nem nos é licito penetrar no respeitável santuário dos casados: dormia ou velava... Tudo estava em sossego...

— Traz... traz... traz... — são três golpes que soaram sobre a porta da casa de Augusto... Laura os ouviu... Silêncio... tudo é silêncio... Talvez que Laura não esteja ainda bem acordada... — Traz... traz... traz... — Agora foram mais fortes! Laura estremece, e por quê? Mistério. Ela ergue meio corpo, e com sonolenta voz fala:

— Qu... em... ba... te?

— Manda abrir, Laura.

— Augusto!!!

Ela murmurou. Certo o não esperava; Pouco tempo depois a porta foi aberta e Augusto entrou.

— Como! Com tal tormenta?...

— Ah, vim antes do meio dia, por causa de negócios. A tempestade apanhou-me já na cidade, em casa do Tomás, e agora, depois que serenou, é que pôde vir.

Este pequeno diálogo, entre o marido e a mulher, terminou aqui.

Augusto, talvez a pedir água para lavar-se, encaminhou-se à cozinha: ao chegar a sala de jantar, um vulto embuçado em seu capote saltando por sobre o muro do fundo, que dividia a sua casa da do vizinho, vingava-o para o lado oposto...

— Quem vai aí? Quem vai aí?...

Era tarde; o noturno já se tinha posto a salvo. A cozinheira, escrava preta, era a única que na cozinha então velava: é logo presa por seu senhor e interrogada sobre o fugitivo aventureiro...

Laura aparece ao mesmo tempo, e quer saber o que vai... A escrava é ameaçada para que confesse a verdade; ela treme, balbucia e fala:

— Perdão, meu senhor... perdão... É um homem que vinha falar comigo...

A escrava era uma crioula moça e bonita...

CAPÍTULO 6

TALVEZ QUE ELE TIVESSE TANTO QUE FAZER AINDA SOBRE A TERRA

A derradeira desordem de uma vida é, em algumas ocasiões, a desordem de outras.

É algumas vezes no reino da morte e na profundidade do sepulcro, que vai assentar suas bases a felicidade de uma ou de mais vidas... Mas quem sabe se tão profundo é o sepulcro, que por longo tempo possa sustentar essa base...

O sino do convento de Sto. Antonio, voltejando sobre si próprio, parecia dizer aos fiéis em lúgubres e lamentáveis sons: Orai... orai... orai... orai...

A área equivalente à vida de um mortal, colocada na parte superior da ampulheta dos destinos, tinha acabado de escoar-se e o anjo da morte havia presidido atento ao deslizar extremo do final bago, cuja terrível consequência importava o último esvaecer do hálito vital do derradeiro luzir da centelha da vida de um mortal!

Um tempo foi essa desastrosa queda, e a trêmula mão do anjo da vida abrir o vasto livro da natureza, e passar sobre um nome ali inscrito, um negro traço que simbolizava a eternidade!

O anjo da morte havia gravado com seu férreo e inexorável estilo, o nome de mais um mortal sobre uma negra página do tremendo livro do pecado!...

Há pouco existia um mancebo que se julgava feliz, que era rico, forte, robusto e que vivia no centro do prazer! Pouco depois um moribundo, e agora um corpo sem vida! Oh! Uma morte súbita! Como é doloroso! Que resta? Um corpo sem vida e uma família desolada!

Em pouco mais de um ano, quantos acontecimentos! Umas núpcias, o natalício de um marido, o natalício de uma mulher, um incêndio e uma morte! E, pois... não são cinco festins? Certo são cinco banquetes: três dados por um amigo a seus amigos; um dado por uma desconhecida mão às chamas, e o último, enfim, dado pela morte aos vermes do sepulcro. E, pois... são cinco festins, cujo principal personagem aí tendes no seu ataúde. Cinco banquetes... e assaz de iguarias!

E o que resta? Uma família desolada, uma viúva em luto, a dor dos parentes e a saudade dos amigos! Oh! Tudo passará, como o respirar saudoso de fugitiva brisa ao través dos ramos da floresta! Tudo passará, como o rápido lampejar do raio! Tudo passará como o primeiro sorrir de uma virgem, que pudibunda foge ao gentil mancebo por quem seu coração já sofre um amiudado latejar de amor!

Oh! Tudo... e tudo passará! Só a lousa do sepulcro é eterna! Só o dormir de morte não passa! O ferrenho esquecimento alargará daqui a pouco o vasto círculo de sua imensa órbita, e esse cadáver e esse túmulo entrarão também por seu turno em seu duro e sempiterno domínio. Oh! Tudo passará!

Um fúnebre préstito, tendo galgado a ladeira de Sto. Antônio, acabava de entrar na capela dos terceiros da penitência; o negro altar dos defuntos recebeu um féretro, funéreo invólucro dos restos mortais de um mancebo.

As abóbadas do templo retumbaram ao som triste dos melancólicos salmos dos mortos, entoados pelos sacerdotes do Senhor. O incenso dos finados volveu em torno da arca funeral; ouviu-se o tremendo — *Dies irae* — e finalmente pôs termo à dolorosa cerimônia do enterramento o amargurado — R*equiescat in pace.*

É noite. O templo está deserto e os altares em trevas; apenas solitária a lâmpada lançava de amortecida luz um pálido clarão, como o da única chama da luz da agonia: era essa a lâmpada a que só ardia contra o altar-mor, em frente do sacrossanto sacrário. Que solidão! As portas da igreja estavam fechadas; ermo todo o espaço do templo... Silêncio, tudo era silêncio!.. Nem um vivo perturbava a tranquilidade dos túmulos, nem um interrompia o misterioso divagar das sombras... nenhum... oh, não... não; que a despeito do horror que no alto da noite inspiram os lugares sagrados, todavia um vulto embrulhado em seu capote permanecia silencioso e pensativamente recostado sobre um altar.

Quem será ele? Algum ladrão porventura, que apadrinhado pelas sombras da noite se deixou ficar na igreja, para mais tarde despojá-la de suas mais preciosas alfaias? Mas o sacristão o viu e com ele praticou; sua prática foi familiar... quem será ele? Oh, encaminha-se para as catacumbas!... Ali não há riquezas; apenas o desengano das grandezas do mundo? Ah! É talvez algum amigo do morto, que na solidão do templo, no silêncio da noite, vem contemplar pela derradeira vez a sua face pálida e derramar sobre ela os enternecidos suspiros de sua intensa dor, molhados pelas dolorosas lágrimas da saudade! Ah! Tu vens chorar! Entra, pois. Como é louvável esse teu sentimento! Chora, sim, chora... feliz quem pode fazê-lo! Feliz quem tem um coração terno, um coração compadecido, um coração que tem lágrimas para as mandar aos olhos! O pranto algumas vezes é tão terno... tão doce! E sempre um alívio tão suave para nossa alma!.. Ah! Feliz, feliz quem chora!

Vem, entra o arraial dos mortos; passeia por estas solitárias ruas, presididas pelo silêncio dos defuntos; olha para esses acanhados gabinetes, onde por seu turno habita, por espaço de um ano pouco mais ou menos, uma porção de carne corrompida e a ossada de um humano! Lê essas inscrições, que te revelam no seu triste —Aqui jaz — a grande ideia da Eternidade e a pequeneza da vida; entra depois em ti próprio e contempla quantas gerações aqui se sucederam e repousaram em sono eterno sobre colchões de pedra, cobertas com a cal da sepultura! Oh! Certo, não pode haver lugar mais próprio para a meditação do que o asilo da morte, o extremo abrigo da humanidade! Mas tu não vens filosofar aqui, vens chorar. Pois bem, debalde será teu pranto; debalde, que ele não poderá amolgar a pedra do sepulcro! Tuas lágrimas cairão inutilmente sobre ela, e deslizadas dali, irão secar-se confundidas no pó dos mortos, que foram noutro tempo seres humanos! Teus ais se perderão baldados nos fúnebres ares das silenciosas ruas da morte! Pranteia embora, suspira, pranteia pranto de sangue, suspira suspiros de fogo, nada poderá remir a infausta vítima da morte, guardada *in eternum* em seus medonhos e inexpugnáveis domínios!

Primeiro teu pranto de sangue poderá assoberbar as nuvens; primeiro teus suspiros de fogo poderão escalar os céus, do que a Morte entre contigo na mais leve composição a respeito de sua presa! Poderás tu ressuscitá-la? Poderás com teu pranto de amigo? Feliz se o fizeres, entra, Ele não estava aborrecido de viver e amará a sua ressurreição! Quem sabe? Talvez que tivesse tanto que fazer ainda sobre a terra... De feito, o homem do capote dirigiu seus passos para as catacumbas e entre elas buscou a que acabava de ser hospedada por um novo morador do país dos finados. O sacristão da igreja procurou o nosso desconhecido, e pouco tempo depois eles já não se achavam nas catacumbas.

Nada podemos saber do que fizeram nesta região fúnebre; nem ainda a que foi ao templo o vulto do capote. Nós o seguimos até a sepultura do recente finado, e até aí acompanhámos o sacristão da igreja. Uma série de notáveis acontecimentos os arrancou a nossas vistas.

Era meia noite: a tais desoras três vultos se escoavam pela ladeira do convento de Sto. Antônio; vejamos se os conhecemos: mas como? Eles parecem pôr peito a que ninguém os conheça; embora: e que temos nós com eles?... Mas sigamo-los. Entram em uma casa... sua porta fechou-se sobre nossas vistas.

CAPÍTULO 7

E NESTE LUGAR? E NESTA HORA

Aquele que entra em casa alheia por meios ocultos, seja qual for o fim que para ali o leva, é sempre um ladrão; porque, ou vai roubar a fazenda, ou a honra, ou um segredo. A casa de família, que tem uma porta durante o dia e outra durante a noite, não poderá mui eficazmente sustentar sua honra quando a segunda porta a arguir.

As obras da Copacabana se haviam concluído; a casa que outrora fora abrasada e que se reedificava, já se achava pronta; e a família a quem pertence esse edifício, tendo deixado a cidade, de novo ocupava a sua antiga vivenda.

Os prazeres dos belos domingos se haviam restaurado com a presença dos habitadores desse lugar de delícias; as alegrias de outrora haviam renascido e tudo se animava, tudo vivia na bela casa da Copacabana, mais elegantemente reedificada.

Os interessantes pomares de novo tinham um cuidadoso cultivador, o vergel um assíduo jardineiro, e suas belas flores abriam seu odoroso e colorido seio para serem colhidas por uma bela mão cândida, como a açucena do prado, e formosa como o mais custoso lavor das delicadas mãos de uma donzela que ama, e que o destina para o mimoso querido de seu jovem coração, e para murcharem entre os louros e melindrosos cabelos de uma cabeça tão formosa, como o mais belo pensamento de instruído artista cobiçoso de glória!

Agora, porém, me recordo que uma omissão da minha parte, unicamente filha do meu esquecimento, vos dá direito a me pedirdes dois nomes, isto é, o do morto e o da viúva inconsolável... Sem dúvida grande razão vos assiste em vossa exigência; quanto a mim, nada mais me resta do que o dever de satisfazer-vos.

Parece-me que sendo o amor o mais vulgar de todos os afetos, é por isso que sentimos quase sempre, e às vezes a nosso pesar, o nosso coração interessar-se pela sorte daqueles que amam; e mui principalmente quando vemos um amor generoso e desinteressado de toda e qualquer outra paixão humana. Eu não vos pintei, é verdade (ao menos até aqui), Augusto como um mancebo que movesse em seu favor as vossas simpatias; mas é tal a susceptibilidade de nossa alma em prol dos que amam, que, desde o momento em que o vistes amando tão apaixonado, tão sincero e de um modo tão generoso, vós, eu bem o sei, tomastes pelos seus destinos um tal e qual interesse, Oh, sem dúvida... — Quê (me dizeis vós)! Pois o mancebo que acabou de uma morte súbita, o mancebo há pouco sepultado na ordem terceira de S. Francisco de Assis, é Augusto?! Essa viúva inconsolável é Laura? Essa família desolada é a família de Augusto?... — Ainda bem que vós adivinhastes... eu não vos queria dizer; ao menos desejei por mais alguns momentos poupar essa pena ao vosso coração, mas vós penetrastes o que eu tanto e com tanto cuidado vos quis ocultar.

Pois bem. Esse funesto acontecimento não podendo pôr termo à nossa história, o fio dela nos leva à Copacabana.

Supondes que na casa de Augusto vedes as lágrimas de uma viúva? Supondes que ouvis os suspiros de uma mulher inconsolável, que amava e extremosamente queria a seu marido? E que essa mulher é Laura? Pois é verdade; tudo isso é verdade!

Entretanto falemos de um acontecimento de certa noite. É tarde: Laura dorme talvez no fundo de seu aposento, e as pessoas de sua família dormem também ou para isso se aprestam. Um rebuçado, coberto com um grande chapéu, tendo o rosto envolvido em um lenço de cor escura, ora, sobre mansos passos volteja em roda da casa, ou aplica o ouvido sobre uma janela, como quem busca escutar o que se fala por de trás dela. O que quererá nesses lugares desertos e a tais desoras esse passeador noturno? Será porventura algum malfeitor? Mas contra quem? Aqui só existe uma viúva em pranto, cujo marido ontem retribuiu à terra o que lhe havia tomado por empréstimo... e com ela seus escravos. Quem será? Algum ladrão? Certo que nem um estado ou idade merece consideração para tal gente. E neste lugar? E nesta hora... Acaso será aquele rebuçado que outrora escapando-se às vistas de Augusto, em sua própria casa, transpôs o muro em sua fuga? Isto *é*, o miserável amante de uma preta escrava, como ela própria havia declarado a seu senhor? Será o rebuçado das catacumbas? Enfim, cumpre segui-lo.

Todavia ele se aproxima à janela. A noite vai já em meio; todos dormem? Nenhum rumor; silêncio, tudo é silêncio; é o sossego da morte, é a mudeza dos sepulcros. A mesma aura da noite, que aliás até ali havia brandamente agitado as folhas das árvores, parecia encolher suas sussurrantes asas, como para espreitar os passos do noturno: ele chega-se à janela... escuta... e arranha sutilmente sobre ela... diríeis que era o arranhar de um gato... a janela abre-se repentinamente, o vulto com invejável presteza salta por ela e cai dentro. Ao mesmo tempo dois braços amorosos recebem estreitamente... a quem? Ao malfeitor? Não: e, pois, a quem? A um amante? Não sei. Depois de certificar-me eu vos direi.

CAPÍTULO 8

E TU ME ARGUES?... TU!...

O criminoso pode esconder seus crimes aos olhos de todo o mundo; nunca, porém, aos olhos de Deus, nem aos seus próprios: estes serão um dia a mais encarniçada parte contra ele, e aquele um juiz que infalivelmente o julgará! Uma hora de meditação para o criminoso é um século de infernal suplício para sua alma; mas há criminosos tão felizes que muito custam a ter essa hora de reflexão! Todavia, ela virá.

Desde que comecei esta história até este ponto, não curei de mover pró ou contra algum dos meus personagens, ou antes personagens dela, a amizade ou o ódio. Todavia, se alguma alma nimiamente compadecida se tem interessado por algum dos personagens da minha história, desde já lhe agradeço; mas sempre lhe peço que se não engane. Quanto ao ódio, contra ninguém desejo movê-lo em pessoa alguma, pois é paixão que sempre incomoda a quem a sente. Além disto, supondo que não havendo motivos para ele, podemos bem tranquilizar-nos; mas desde já peço vênia para dizer-vos que aqueles braços que há pouco receberam, e com tão amorosa ternura um amante noturno, eram os de uma: viúva — Quê (me dizeis vós)! Laura!.. — Eu vos não tinha dito; mas como vos antecipastes, não vos poderei negar... e, pois, é Laura.

Bem sei que achareis horrível o ouvir que uma mulher, há tão pouco tempo viúva, receba as visitas de um amante; também eu não acho isso muito bonito; mas como negar-vos? Sabeis vós a terrível tarefa de um historiador? Sabeis: então tende paciência em ouvir-me, que também a tenho em narrar-vos. Portanto vamos adiante.

Em face de tudo quanto até aqui se tem dito, e do que (segundo creio) não estais esquecidos, seria não só inútil, mas até impertinente qualquer reflexão que a respeito deste sucesso se quiséssemos fazer.

Estas entrevistas eram repetidas quase sempre, com a pequena interrupção de dois ou três dias, quando muito; e acontecia não poucas vezes que o desconhecido dos amores secretos ficava encerrado um ou mais dias no quarto de Laura, e deste modo oculto aos olhos da família.

Já dois meses se haviam passado sobre a viuvez de Laura; ela e seu amante viam-se tantas quantas vezes queriam, sem emprego do menor artifício, e sem o mais leve receio.

O entusiasmo primitivo deste amor havia minorado seu tanto, ou ao menos a libidinosa chama que abrasava estes dois corações tão impuros, tinha abaixado muito de sua intensidade original, consequência quase sempre infalível de um amor criminoso, de um comércio ilícito, que de clandestino e medroso que antes fora, passara a ser exemplo de receios e, portanto, livre.

Em uma noite dessas entrevistas, o amante, como para distrair-se à custa de sua bela, pediu-lhe a narrativa da sua história.

— Ora, é tão simples...

— Embora; conta-me.

— Não há nela algum acontecimento que mereça atenção...

— É o mesmo; sempre terá alguma coisa de notável. Ora, anda, não vês que eu te peço?...

—Pois bem. Escuta. Nasci numa pequena vila pouco distante do Rio de Janeiro; meus pais tinham com que passar sofrivelmente a vida, mas não cuidaram de minha educação; apenas mandaram-me ensinar a ler, e isto bem mal. Meu pai morreu quando eu contava doze anos e meio de minha idade, e eu fiquei em companhia de minha mãe. Pouco tempo depois, um lindo moço, meu patrício, enamorado de mim, pediu-me à minha mãe em casamento, e acontecendo dela opor-se ao que era da nossa vontade, eu saí com meu amante da casa de minha mãe, para casar-me com o meu amado. Em casa dele vivi algum tempo oculta, porém contente; mas não sei porque mau fado minha mãe soube do lugar em que eu me achava, e talvez por conselho de outros, me quis perseguir ou antes a nós ambos; mas o meu amante (que neste tempo estava para casar-se comigo), sabendo disto, embarcou-se para o Rio de Janeiro, trazendo-me consigo. Já muito perto da barra desta cidade, uma grande tormenta nos fez naufragar nesta praia. Não sei se morreram todos os que vinham na embarcação ou se escaparam alguns; só sei que o meu futuro marido morreu, porque eu mesma o vi quando uma grande vaga de mar o levou de cima do convés, e o sumiu para sempre no meio dos mares. Eu fui salva, e pouco depois me casei com Augusto.

— Mas Augusto dizia que eras viúva!...

— É verdade; eu assim lhe havia dito.

— E de que modo foste salva, minha Laura?

— A tormenta tinha principiado à boca da noite, e era uma hora quando o navio bateu na praia. O mar já tinha levado a lancha de cima do convés, e os marinheiros, botando-se ao mar, procuraram salvar-se a nado. O meu homem estava junto de mim, e na ocasião em que ia buscar um cabo para com ele amarrar-me a um mastro, para que o mar me não levasse, escorregou no convés e caiu; ao mesmo tempo o mar que entrava na embarcação o carregou! Eu fiquei só, abraçada com um mastro, até quase de manhã, e gritando sempre por alguém que me acudisse. Sobre a madrugada então vi chegar à embarcação uma canoa com dois vultos; um subiu, pegou em mim, que tremia quase morta de frio, e pôs-me na canoa...

— E quem eram esses dois vultos?

— Era Augusto e um seu escravo...

O amante, ao ouvir estas palavras, fez em seu rosto uma contorção de espanto e precipitadamente disse:

— Acaba, Laura, acaba.

— Já perto da praia a canoa virou-se; o preto esteve quase morto, embaraçado numa corda da canoa, e nem podia valer-me, nem a seu senhor; mas este, agarrando em mim, nadou comigo para a praia, onde cheguei salva... Pouco tempo depois, casei-me com Augusto, como tu bem sabes...

— Que horror! — exclamou o amante.

E em verdade o sangue frio com que esta mulher terrível acabava de proferir a última parte de seu discurso era para horrorizar a quem estivesse senhor dos segredos de sua alma, uma vez que não fosse cúmplice de seu crime; mas seu próprio amante, tão criminoso como ela, também se mostrou possuído de horror, se bem que o não creio muito.

— Laura... que temos nós feito! — acrescentou o amante com

doloroso acento. — Laura, tu acabaste com a vida do homem que se arriscou à morte para salvar tua vida em um naufrágio!... Tu acabaste com o teu benfeitor, com aquele que te arrancou das garras das ruínas e da miséria, para elevar-te ao grau de sua esposa!... Que horror!.. Laura, Laura... que temos nós feito!...

— Continua, eu te escuto e te escuto tranquila; fala, fala mais.

— Que negro, que horrendo crime!...

— Fala mais, mais; eu quero ainda ouvir-te...

— Ah! Deixa-me.

— Mais nada? Sim, tu tens razão: eu sou um monstro de crimes, e o maior de todos é o te haver amado. Eu conspirei contra a vida de meu marido e benfeitor: e tu? Tu não conspiraste contra a vida de teu amigo?

— Oh! Cala-te... cala-te...

— Impostor. Quem é que me desencaminhou com um amor criminoso e louco, não foste tu? Quem me aconselhou para largar fogo à minha casa e fechar antes a porta do quarto em que dormia meu marido, fiado em que ele não se acordaria por causa de seu sono duro, e assim vê-lo morrer queimado: não foste tu? Quando o preto João salvou Augusto das chamas, quem foi que do telhado atirou-lhe um pedaço de caibro para o matar, e que errando feriu o preto, não foste tu? Depois que te escapaste de Augusto, fugindo pelo muro de minha casa da cidade, e que eu te disse que meu marido não tinha acreditado na declaração da preta, e que desconfiava de mim: quem foi que me resolveu a envenená-lo, não foste tu? Quem me deu o veneno, com que dei fim à vida de Augusto, não foste tu?

Laura, muito sufocada em cólera, suspendeu aqui o seu horroroso discurso, ou antes medonho, apontuado de nefandos crimes seus e de seu amante. Este ainda lhe disse:

— Oh! Tudo isso é verdade, verdade horrível! Mas quando convim contigo nesses crimes, eu supunha que tu conspiravas somente contra um marido a quem não amavas; mas não contra o homem a quem devias a vida, contra um benfeitor, contra um...

— Um amigo teu, não é assim? Eu conspirei contra o homem a quem devo a vida, contra o meu benfeitor, e por teus conselhos; mas conspirei contra um marido a quem não amava; e tu dirigiste os meus passos contra aquele homem a quem devias dinheiro, amizade e proteção; contra aquele em cuja casa tu tinhas tanta liberdade como na tua mesma casa. Eu assassinei a meu marido, e tu ao teu melhor amigo!...

— E ambos nós não somos mais que dois criminosos, e bem perversos! Nós nos devemos detestar com um ódio do inferno, e aborrecer um ao outro... Laura, se já não é tempo de remediar nossos crimes, seja ao menos tempo de lastimar-nos. Separemo-nos, pois, e seja a nossa separação uma separação de morte!..

— Tu zombas de mim?

— Não, Laura. Vai encerrar-te no fundo de um convento, e ali ante os altares, chora de contínuo os teus horrendos crimes... Ao menos...

— Bem; irei ser freira. E tu vás ser frade, não é assim?

— Irei... irei... não sei para onde... Laura, adeus, e adeus para sempre.

E sem mais nada escutar, avança para a janela, abre-a com estrondo, e saltando para fora, encaminha-se para a cidade.

Estas criminosas declarações vos revelam todo o sentimento da epígrafe do capítulo IV. Tornai a lê-la.

CAPÍTULO 9

DEUS TE PERDOE

No meio dos mais horrorosos crimes há sempre um lado de moralidade; conhecê-la está em estudá-los. Estudemos, pois, os crimes, não em si próprios, mas em seus resultados e em sua origem; então um véu rasgar-se-há diante de nossos olhos, e esse cubo apresentará ao nosso exame uma face bem diversa daquela que antes observávamos. No fim de tudo, notemos que os prêmios e castigos andam sempre de envolta com os bens e com os males.

Temos direito àquilo que se nos promete. Eu, pois, vos prometi, bela Emília, dar-vos uma história moral; e bem sendo assim, é justo que faça algumas reflexões sobre este desastroso passado que acabaste de ouvir. À vista do quanto fica dito, difícil coisa sem dúvida é determinar qual destas duas criaturas, infinitamente criminosas, a mais criminosa era.

Quanto a mim, as circunstâncias que agravam seus crimes estão em um tão perfeito equilíbrio, que ambas são a nossos olhos horrivelmente criminosas, sem que em nenhuma das partes haja a menor qualidade atenuante que minore a intensidade de um tal delito! Em ambos estes dois funestos amantes havia, além do crime de incêndio, do do adultério e do da morte de Augusto, o detestável crime da ingratidão!

Parece que injusto seria quem na sociedade dos homens os crimes julgados fossem em si mesmos e não pelas suas consequências. Há crimes bem horrorosos, mas que todavia a sua influência não passa além do ato do crime; são crimes cuja perpetração constituem o seu princípio e a sua consumação. Ao contrário, outros há que parecendo pequenos em si, a sua ação se vai empregar em uma ou mais pessoas diversas, e às vezes depois de alguns anos.

Nós já vimos em que crimes incursos estão os nossos personagens, e que além dos três primeiros grandes crimes, há o da ingratidão. Este, que entre algumas nações não é olhado senão como um erro em si mesmo, talvez porque não poucas vezes carece de consequências funestas, com efeito, povos tem havido que o tem considerado como um horrendo delito, e como tal o tem sujeitado ao rigor das mais severas leis. Entre nós mesmos pessoas há que não duvidariam votar graves penas em punição do pai da maior parte dos crimes!

Geralmente falando, parece que os mais funestos de quase todos os crimes são a morte e o adultério, por irremediáveis em suas consequências; pois que se naquele há a morte física de um indivíduo, neste não deixa de haver uma espécie de morte moral a alguns respeitos disto a que o mundo chama honra e que (confessar-nos cumpre) é indispensável na sociedade!

O individuo morto não pode tornar à vida; eis a mais horrível consequência do homicídio, e é que o mal feito está eternamente feito! No adultério há quase o mesmo, além de envolver, quando menos, dois crimes, o perjúrio, em menoscabo da fé dada em face dos altares, e a infâmia lançada sobre um indivíduo, ou sobre uma família inteira.

Além de que, este crime pode, mais tarde, implicar um furto, isto é, o filho de um estranho herdando de um homem que não é seu pai, e a quem seu verdadeiro pai fez grave afronta: isto no adultério da parte da cônjuge; mas como esta possibilidade nem sempre se realiza, não a contaremos como uma das consequências deste crime; nem tão falto de consequências funestas é ele, que precise meras possibilidades. Sempre que se vê o marido de uma adúltera, esta infâmia é recordada; sempre que se vê seus filhos, esta afronta vem a pelo e o *parce sepultis* não serve de barreira a uma tão funesta memória!

Trazei agora à vossa imaginação as desordens, a imoralidade levadas ao centro de uma família, o mau exemplo para os filhos, e a imoralidade para com a sociedade, e vede se este crime carece de alguma consequência que não esteja desde logo no domínio das realidades.

Podemos pois concluir que os crimes mais horrorosos em suas consequências, por irremediáveis, são o homicídio e o adultério. Entretanto parece que nações existem que o tem considerado como uma passageira galanteria de moços facetos e de senhoras (a quem hoje chamamos *do grande tom*).

Todavia, o homicídio pode algumas vezes ser justificado pela defesa da própria vida, da honra, da fazenda, etc. etc.

O adultério porém nunca será justificável; não obstante alguém haverá tão indulgente que queira minorar sua intensidade por causa de alguns maus tratos, abusos de alguns maridos, faltas de certos necessários, etc., porém bem miseráveis são semelhantes desculpas, mas demo-las de barato.

Quanto à ingratidão, parece que nada, e nada absolutamente a pode, nem levemente desculpar. Perguntai ao ingrato: — Por que depois que enriquecestes, espalhastes espinhos no amigo terreno, que durante vossa miséria vos dava o precisado pão? — Que responder?

Neste outro crime, pois, haviam incorrido os dois adúlteros: um contra o seu benfeitor, e outro contra o seu bom amigo. Demais, com quanto seja indesculpável o abandono em que o amante deixava a Laura, ela tinha dado uma triste ideia de si, e de todos os seus costumes, quando disse-lhe que com um amante havia fugido da casa paterna. A fuga de uma donzela da casa de seus pais para a de um amante, é sempre um mui feio crime. Com efeito, o jus que cada um tem à sua felicidade parece desculpar a donzela, que, ouvindo da boca de seu pai, ou tutor, estas terríveis palavras: — Ou te casarás com F... ou te encerrarei num convento ou cárcere privado — sai da casa paterna para a de um bom parente, ou de um honrado depositário, até o dia de suas núpcias com o objeto do amor de seu coração, pois que se não pode resolver a dar a mão de esposa àquele a quem não ama, e que supõe incapaz de a felicitar; por isso que preciso é confessar, ninguém pode formar a dita de outrem a seu bel-prazer.

Dissemos que o abandono em que o amante deixava a Laura era para ele uma falta indesculpável, porque tendo essa mulher empedernida sido arrastada a toda sorte de crimes por esse malvado, justo era que dali em diante mutuassem suas sortes e todas as consequências de seus crimes. Além de quê, quando um criminoso convicto sofre a flagelante ideia de seus crimes, o remorso o mais cruel e que mais horrivelmente mastiga a sua consciência é a compaixão dos que ignoram seus crimes; porque ele sabe, e sabe muito que essa compaixão é a ingênua filha de uma alma boa, que vive na ignorância desses hórridos feitos, e que essa pessoa compadecida, sabendo os seus delitos, bem que não retirasse a sua compaixão, ou antes piedade do criminoso que sofre, diria contudo em sua alma:

— Sofre a pena de seus delitos... Deus é justo! — Deste modo, só a compaixão de seu amante, verdadeira compaixão, era a única a que Laura devia ter direito e ele à dela, sem a mazela das cruentas fúrias do remorso: mas a sorte dos malvados é tão desgraçada, que ligando-se e amando-se todos os semelhantes, estes se ligam e jamais se amam, e antes quase sempre se aborrecem interiormente.

E na verdade, se uma mulher casada, se uma mulher que ama pensasse cinco minutos antes, uma de adulterar e outra de trair, certo não haveria adúlteras, nem tão pouco pérfidas; porque o pensamento que deve logo assaltar é espontâneo em ambos os culpados: da parte do homem que aconselha ao crime, este: —Ela trair-me-á algum dia, como hoje ao seu marido ou ao seu amante. E da parte dela: — É um homem que me aconselha ao crime, que destrói a minha reputação, logo é um infame. Demais, ou ele ama-me, ou não; se ama-me, deve amar a minha reputação, o meu sossego, meu bem estar e a minha honra; mas ele que me aconselha a desonra, logo não me ama, e então busca-me guiado tão somente por um sórdido deleite. Enfim, quando o meu crime for descoberto ele por-se-á a salvo, e a mim ficará a afronta, a vergonha, o horror dos meus crimes e quem sabe se a morte!

Nem se oponha à esta razão o poder do segredo; e podemos estar certos que muito mal vai quem muito se fia de um segredo: além de que não há segredo em negócio algum sobre a terra, quando esse negócio é sabido por duas pessoa.

Quanto ao dizer o amante que acreditava conspirar unicamente contra um marido não amado por sua mulher, e não contra seu benfeitor, miserável desculpa era, fosse ou não amado dela: e que lhe importava? Ele havia sempre conspirado contra o seu amigo!

O que é verdade é que, passados os primeiros momentos de entusiasmo de amor, os crimes cometidos durante essa terrível crise de ilusões assoberbam aos olhos dos que já pensam a sangue frio, com horrorosas cores e debaixo de hediondas formas; e uma vez aparecendo a reflexão sobre esses crimes, o amor então já é muito difícil!

Eu bem sei que alguém haverá de ter uma alma tão bem formada que negue uma possível credibilidade nos crimes desta mulher; mas cumpre o não conhecer de quanto é capaz o coração humano para negá-la. Observemos de passagem que, quando uma mulher chega a ser perversa, não há crime por horroroso que seja antes que recue o seu empeçonhado coração: isto é raro, é bem verdade, mas tem acontecido. Indubitavelmente o número dos homens maus é sobremodo maior do que o das mulheres, ninguém o poderá negar; mas ninguém poderá igualmente negar a asserção que avancei antes, sobre a perversidade de uma mulher, endurecida e já muito familiarizada com o crime.

Laura era, pois, uma mulher cruel (talvez porque tinha aprendido a sê-lo!)... tinha até um gênio infernal, e era vingativa. Deixaria ela impune o seu falso amante, o cúmplice de seus crimes, o homem que a abandonava? Ficariam sem vingança a dor e o ultraje que acabava de sofrer? Por sua vontade, não. E que fará ela?

Meia hora depois da retirada do amante, um viajor noturno devora caminho, a longos passos, de Copacabana para a cidade: ao entrar em uma pequena mata, ouve-se o estrondo de um tiro, e o viandante tomba ferido e moribundo... O assassino foge, segundo depois se soube, e o assassinado exclama com voz fraca: — Eu morro... Deus é justo...

Ao mesmo tempo um rebuçado, coberto com um grande chapéu, chega-se ao moribundo, e com voz medonha lhe fala: — Florindo, dissestes bem: Deus é justo, Florindo, Deus te perdoe!... — E fazendo brilhar a luz de uma lanterna furta-fogos, acrescentou em sua voz natural: — Conheces-me? — O moribundo encara-o, solta um grito de horror e de espanto, e expira...

CAPÍTULO 10

A MINHA PONTARIA FOI MORTAL

Quando no fundo dos bosques julgamos que são as árvores os nossos únicos companheiros, nós somos, sem o saber, espreitados por olhos que veem. Quando em nossa própria casa acreditamos estar a sós, ou com um fiel amigo, um ouvido inimigo nos escuta. Entre a escuridão da noite divagam fantasmas vigiadores, que revelam ao dia todos os mistérios da noite. Não há, pois, sobre a terra ocasião, nem tempo, nem lugar que seguros nos sejam.

Ficamos ao fato de todos os acontecimentos passados; estamos senhores de todos os segredos de Laura; conhecemos o seu amante e os crimes produzidos por esse nefando amor. Agora resta-nos saber quais novos sucessos levaram a morte e a punição ao muito culpado e assaz punido Florindo.

Deixamos Laura na sua alcova cheia de furor, tendo visto fugir-lhe o seu refalsado amante, pois bem. Laura não divaga por muito tempo incerta sobre o partido que deve seguir; ela escreve uma pequena carta, e por um seu escravo envia-a ao seu destino; era muito perto. O escravo voa, segundo as ordens de sua senhora; ele chega, entrega a carta a quem ela era remetida, e pouco depois um homem é introduzido à presença de Laura.

— Apenas recebi a vossa carta, senhora Laura, em que me mandavas chamar, e com pressa, vim satisfazer-vos.

— Obrigada, Sr. Marcos: os momentos fogem, e eu quisera aproveitá-los...

— Então falai.

— Haveis de estar lembrado que a todas as vossas amantes cartas a mim dirigidas sempre vos respondia, que motivos ocultos me impediam de receber os vossos obséquios?

— Bem me lembro.

— E se hoje for mister um sacrifício para que sejam destruídos esses motivos?

— Eu o farei.

— Se houver um grande embaraço?

— Saberei destruí-lo.

— Se forem difíceis de vencer?

— Não há dificuldades para o amor.

— Se for preciso um crime?

— Os bons fins justificam os maus meios.

— Se a vida de um homem?

— Todos têm direito à sua felicidade, ainda à custa da existência de outros.

— Pois bem, o motivo que me impede aceitar as vossas ofertas, Sr. Marcos, é Florindo...

— Florindo! E como?

— Esse homem havia me prometido desposar-me, pouco depois que eu enviuvei; e agora, tendo-me comprometido, abandonou-me infamemente.

— E o que é preciso fazer?

— Que esse homem, a quem hoje odeio, deixe de viver.

— Hoje mesmo. Onde está ele?

— Muito perto daqui: neste momento caminha para a cidade...

— Neste momento deixará de viver: e depois?

— O amor e minha gratidão. Eis aqui uma espingarda, pólvora e balas.

Marcos recebeu este terrível presente, pejou a funesta arma com a morte e saiu; pouco depois Florindo não vivia!

Marcos, tendo cumprido sua palavra, voltou aos braços de Laura, como um homem que acaba de descarregar-se de um enorme peso, e que vinha repousar tranquilo nos braços de uma virtuosa esposa ou fiel amante. Ali não havia indícios de dor, nem do mais leve remorso.

É para admirar a prontidão com que este homem horrível recebeu, e com gosto, esta tão execranda comissão.

Eu não vos quero dizer que neste momento dois nojentos amantes em uma casa, em Copacabana, trocam as mais baixas finezas, mutuam as mais infames carícias, reciprocando os mais escandalosos protestos do mais criminoso e do mais nefando amor! Mas vós o prevedes; pois bem, é esse facinoroso Marcos e essa abominável Laura! É um amor, cujo juramento, escrito com sangue, foi pronunciado sobre as asas da morte. É um amor de réprobo, selado com sangue no hediondo livro do crime, e presidido por Satã e protegido pelo inferno.

Havia quase uma hora que durava essa escandalosa cena de envenenados carinhos, quando os dois amantes ouviram bem distintamente um arranhar sobre a janela... Laura estremeceu e enfiou... Marcos a inquire sobre o susto, e sobre o arranhar, e esta segunda vez dá-se a ouvir. Laura explica a Marcos que aquele arranhar era o sinal que Florindo lhe dava quando lhe vinha falar, e que só ele sabia aquela senha.

Marcos era um homem tão resoluto que não fugia sem ver de quê: imediatamente avança para a janela, e enquanto Laura, ocultando-se por trás dele, observa receosa, Marcos abre-a e um e outro mui clara e distintamente viram Florindo recostado nela!... Eu deixo a cada um que pondere o susto que tal vista causar podia! Era um horror! Laura solta um grito de espanto e de pavor; Marcos recua espavorido, e fecha rapidamente a janela, enquanto sua amante se escondia em um canto da alcova. Ao tempo que tais coisas aconteciam dentro da casa, ouviu-se um tombo fora, como a queda de um corpo humano; e de feito era o corpo de Florindo que caía!

Longos foram os pensamentos dos dois, e mais longo o discorrer sobre uma aventura tão nova quão estranha. Durante largo tempo, indecisos e assustados, não sabiam dar-se à conselho. Uma hora era quase passada, e nada de resolução. O primeiro momento do susto desapareceu enfim, e a reflexão pouco a pouco veio acoroçoar os dois assustados amantes, e talvez assustados pela primeira vez. Notemos que Marcos estava ciente e consciente de que sua vítima não vivia; ele o tinha assegurado à sua amante: e com efeito ele tinha visto a Florindo sobre a janela, como recostado e olhando para dentro, mas com todos os sinais de um homem morto.

— Ninguém teria um defunto sobre suas costas para o vir recostar nesta janela... mas eu o vi, sem dúvida, eu o vi.

Assim era que Marcos rosnava talvez consigo mesmo; porém este homem era valente, audaz: de onde, pois, vinha o seu medo? Marcos se quis deixar persuadir por um momento que o que vira sobre a janela era a alma de Florindo!!!

Religião, santa Religião, é assim que tu mostras o teu divino império, ainda sobre o mais impuro coração, o mais revel e o mais criminoso! É assim que ostentas os sagrados direitos da natureza profanada! É assim que tu libertas o amor da humanidade ultrajado! Religião, santa Religião, é assim que tu vingas os teus sacrossantos foros! Sejam do crime todos os instantes da vida do malfeitor, embora, mas um só instante de remorsos basta para esses teus implacáveis ministros desenvolverem amplamente toda a vastidão dos teus sagrados poderes.

Foi Laura, enfim, que já nos momentos de reflexão teve a iniciativa no desatar este intricadíssimo nó, falando assim:

— Marcos, ele ficou verdadeiramente morto?

— Era impossível que vivesse mais cinco minutos depois que lhe atirei: a minha pontaria foi mortal — a isto acrescentou um sorriso de fúrias, contorção diabólica de uma alma infernal.

— Mas afianças que ele ficasse morto?

— Não afianço que ficasse morto; mas eu o vi cair.

— Já entendo tudo...

— Como assim?

— Ele caiu, mas não morto; pôde ainda levantar-se e caminhar; e sentindo-se ferido, buscou a casa.

— Lembras-te bem. Se ainda aí estiver o corpo, é certo o que presumes. Eu vou vê-lo. Em um instante.

Disse e saiu. Com efeito, o corpo aí se encontrou debaixo da janela, e este encontro confirmou na mente dos dois as suspeitas de Laura.

— O dia não está longe — disse Marcos, e é mister despachar a este corpo.

— Sem dúvida.

O mesmo Marcos, ajudado de Laura, em um lugar menos frequentado do jardim, cavou uma sepultura, onde foi enterrado o corpo daquele adúltero malfeitor. Alguns ramos secos e uma porção de terra solta serviram de disfarce sobre uma terra recentemente revolvida, que acabava de guardar um segredo, que aqueles mesmos que o entregavam, supunham que ela jamais o revelaria!

O sol desse mesmo dia foi o primeiro que alumiou a sepultura de Florindo!

E justiça foi feita!...

CAPÍTULO 11

TÃO TARDE, TÃO TARDE, MEU LINDO CAÇADOR!...

A nossa sensibilidade se contrai dolorosamente sempre que é ferida por ideias horrorosas; e nossa alma se fatiga em uma cena de continuidades lutuosas; demos, pois, uma espécie de trégua ao nosso espírito a respeito de horríveis acontecimentos. A nossa sensibilidade quer alguma expansão per meio de quadros agradáveis. Eu vos convido agora a sentirdes comigo a ideia de um objeto belo.

Ora pois, o passado, o passado. Tão nu de acontecimentos não é o presente que nos ocupemos de coisas que já lá foram.

Não está Laura tranquila? Ao menos o parece: tanto melhor. E Marcos? Sem algum receio otimamente. Confessemos sempre que no ânimo de Marcos parece haver alguma coisa de desconfiança: e nem por menos; essa desconfiança é sempre a necessária consequência de um amor, cujos gozos custaram crimes e que se assinalaram pela morte de um primeiro amante: mas que há nisso? Tudo passará.

Em uma dessas belas manhãs, bem semelhante àquela, cujos sedutores encantos descrevemos em nosso primeiro capítulo; quando já os primeiros raios do sol, deslizando furtivos beijos nas flores do vale, esmaltavam de frouxo dourado as grimpas das árvores dos picos das serras, uma linda mulher passeava pelo seu belo jardim em uma rua dele, que ficava contigua à vizinha estrada: ela parecia submergida em um profundo pélago de meditações, quando o doce modular de uma maviosa e mais que sonora voz humana, veio suavemente quebrar o fio de suas reflexões, e tirá-la gostosamente do abismo delas!

Era um jovem e lindo caçador, que, deitado na estrada, meio recostado sobre o tronco de uma árvore, e descansando talvez da fadiga de seu longo caminhar, cantava docemente este romance, cujo assunto é assaz conhecido em nossa história.

ROMANCE

— Oh que amor meu peito encerra
Amor que por ti se seva!
Ou não te vás desta terra,
Ou se te fores me leva...

—Amor, que teu peito encerra
Só pra mim hás de guardar...
Ou me não vou desta terra
Ou se for hei te levar.

— Minha pátria largarei,
O que nela possuir,
Os parentes deixarei
Semente por te seguir.

—Se a pátria queres deixar,
E dela o teu possuir,
Faço gosto em te levar
Se fazes em me seguir.

— Se arreceias meu amor,
Arreceies vão findar;
Porque sinto em meu ardor
Um amor que sabe amar.

— Eu de amor não arreceio
Para arreceios formar,
Porque tu tens no teu peito
Um amor que sabe amar.

— Não será tua esquivança
Motivo para meu mal;
Nem será tua mudança
O prazer de um rival.

— Não será minha esquivança
Motivo para teu mal,
Nem de mim uma mudança
O prazer de um rival.

—Se por minha formosura
Mal te cabem vis falsias,
Não mal andei se em ternura
Te dei o que merecias.

—Se per tua formosura
Mal me cabe uma falsia,
Bem andaste si em ternura
Me deste o que eu merecia.

Oh! que galé será aquela
Que rasga as ondas do mar?
Oh! que galé, vai tão bela
Prestes a terra deixar!

Velejando empavesada
Sobre os mares se embalança,
Em a sua popa alçada
Brinca a bandeira da França.

Mar em fora a velejar
Se parte a galé francesa;

Ondas do salgado mar
Lá corta com ligeireza.

Trás ela se vê nadante
Linda turba de mulheres...
— Navio, por um instante
Eu te suplico que esperes.

—Tu levas Caramuru
A vida do meu viver!
Ou deixa Paraguaçu,
Ou para, e me vê morrer.

— Se me não tinhas de feito,
Qual eu tinha, igualador:
Por que acendeste em meu peito
Incêndio do meu amor?

— Não tens dó do meu amor,
Nem dó do meu triste fim?
Matas minh'alma de dor,
E me abandonas assim?!

— Oh que ingrata criatura!
Que falsia tão estranha!
Oh que tamanha tristura!
Oh que esquivança tamanha!

— Como escrava ia servir
Servindo Caramuru...
Te seguira a não seguir
A infame Paraguaçu!

— Pois que não posso contigo
Já viver vida de amor,
Fico sem ti, e comigo
Vou morrer morte de horror!
— Vou-me pra morte me andando,
É minha hora chegada...
Mas porque morra te amando,
Vou da morte enamorada...

Disse, e já pálida e fria
Se escorrega, e cai do leme;
E da morte na agonia
Estrebucha, morre e geme.

Nisto as outras nadadoras
Em vão valê-la quiseram
Porém não eram já horas,
Que valê-la não puderam.

Ele não pôde valê-la.
Nem dar vida a tanto amor;
Sem chorar não pôde vê-la,
Nem vê-la morrer sem dor!

Quebrai-vos rochas de dores,
Chore o mar, a praia gema...
Campos, murchai, secai; flores,
Porque é morta Moema.

Parece que o jovem caçador cantou somente as estrofes de que lembrou-se naquela ocasião, pois nos parece, algumas ainda faltaram.

Pouco tempo depois ele levantou-se, e deu a andar para a casa de Laura, e aí bateu. A linda mulher, que com tanto interesse havia escutado o romance acima, era a mesma Laura; e foi ela quem veio abrir a porta ao formoso desconhecido. Nem Laura nem o jovem caçador puderam cobrir sua surpresa um ao outro. E em verdade, ver Laura sem sentir-se abalado por tanta formosura, mal caberia à alma de gelo de um Xenofonte ou de um estoico, cujas sensações estivessem inteiramente embotadas, e incapazes de se impressionarem dos prazeres, ainda os mais inocentes da natureza! Quanto ao caçador de dezessete a dezoito anos de idade, era de estatura regular, bem feito, e sobremaneira airoso. Seus negros cabelos, um tanto crescidos, formavam engraçados anéis sobre seu pescoço, dando à sua linda cabeça uma forma assaz elegante. Debaixo de duas proporcionadas sobrancelhas, lhe brilhavam dois grandes olhos negros, que saltitando inquietos, pareciam brincar com inocentes amores; e enquanto duas pudicas rosas contrastavam a brancura de seu rosto, no meio de suas faces, uma pequenina boca abrindo dois lindos e rubicundos lábios, deixavam ver duas belas ordens de cândidos e pequenos dentes, excessivamente bem dispostos, deixando o seu encantador sorriso duas ligeiras sombras, presas em duas graciosas covas, feitas em suas faces, como duas ligeiras nuvens, pouco densas, esmaltam um céu da aurora; ao mesmo passo que a bem feita barba, ainda mal assombrada (como por sobre o lábio superior) pelos primeiros guias da puberdade, se repartia feiticeiramente em duas. Juntai a tudo isto um timbre de voz agradável e tocante; maneiras engraçadas, fórmulas assaz polidas, uma gesticulação honesta, e vós me perguntareis: — É um anjo?

Laura e o belo caçador se encararam; soltaram simultaneamente um sorriso, e um rubor mais esquisito espalhou-se por seus lindos rostos. Oh! Esse mágico e tão belo sorriso dos lábios do mancebo, essa vergonha com que os olhos de uma bela esmaltam seu rosto, quanto seriam encantadores nos lábios e no rosto de Laura, se ela fosse inocente! Ah! Eram dois sorrisos de amor, branda e docemente deslizados sobre essa misteriosa cor com que no milagroso instante do primeiro estremecimento do coração, com que no primeiro momento do enlevo d'alma o amor se costuma a ataviar! O mágico, o doce sorriso do caçador era o puro sorrir de um anjo, porque ele era inocente, como a pomba! Laura, Laura, o teu feiticeiro e gentil sorrir seria o sorriso de um anjo, se tu foras tão inocente, como o lindo caçador!

Laura tinha tanta consciência de sua beleza, que bem via que a surpresa do caçador era por ela produzida; o caçador, por seu turno, não se desconhecia de modo que não sentisse o mesmo. Ele pediu água; Laura lhe deu com sua própria mão e, pouco depois, passada uma breve conversação, o caçador despediu-se.

O belo mancebo repetiu as suas caçadas nos bosques de Copacabana, e por conseguinte se lhe repetia sempre a sede, que ia saciar no belo copo de água apresentado pelas lindas mãos da formosa Laura.

O caçador já amava a Laura: e como vê-la sem amá-la? Mas seu amor era um amor respeitoso! Ele sentia que esse respeito não era filho de medo, mas ignorava de onde provinha! Ele a amava, mas tremia com a ideia de amá-la! Amava e supunha impossível dizer--lhe: — Eu vos amo... — Ele sentia que a sua sensibilidade tinha sido agradavelmente abalada pela presença dos encantos de Laura! Sentia que todas as suas faculdades intelectuais estavam ocupadas pelas graças e pelo amor desta gentil mulher! Mas todavia, não só se não atrevia a falar-lhe coisa alguma, como tê-la por sua amante! E ele, com efeito, desejava estar sempre com ela e viver sempre com ela! É, pois, um amor, mas sem a ardente cobiça do amor... então não é amor: será amizade? É mais do que amizade! Será amor de irmão? É mais do que amor de irmão! É amor de filho? É menos do que amor de filho! Mas enfim é um amor, um amor que tem um mistério!

Laura também já amava o caçador, mas com um amor que, bem imitando o do seu lindo amado, ela própria não sabia compreender esse amor e muito menos explicar.

Ela sentia pelo caçador quanto este sentia por ela; e todos os seus sentimentos a respeito dele eram em tudo e por tudo, iguais aos do seu amante.

Durante os primeiros dias, algumas cartas foram trocadas entre os dois novos amadores; e em uma só delas nada se pedia; e em todas tudo se concedia: engrandecimentos de amor, finezas, protestos, etc., e não passavam disto. Por fim foi o moço caçador o primeiro mais ousado, rompendo em pedir a sua bela uma entrevista. Houve uma resposta; que em seu devido lugar comparecerá ante nós: por agora basta dizer que em uma bela manhã em que o caçador saiu de estar com Laura, e seguiu para sua caçada, Marcos veio ter com ela e lhe disse que tendo de ir à cidade aquele dia, não voltaria senão no seguinte. Foi depois da saída de Marcos que Laura respondeu a carta em que o caçador lhe pedia a entrevista, para a qual queria aproveitar a ausência de Marcos na cidade.

Era noite: os objetos já se não distinguiam, quando Laura dirigiu-se ao lugar pactuado. Longo foi o esperar, e o caçador não aparecia: ela volta à sua casa, aí pouco se demora, e segunda vez torna ao lugar para onde seu coração a atraía com irresistível força: ainda o caçador aí não está. A noite vai adiantada, e nem o menor indício. Um amante faltar a uma entrevista pedida à sua dama, e a uma primeira entrevista?! Oh! Será possível uma tal infâmia? Laura espera, e espera com ansiedade. Que ideias de cólera e de horríveis desconfianças não turbilhonam naquela vulcânica cabeça, como acapeladas ondas no meio de um mar tempestuoso! Não é mister descrevê-las... alguém, que tenha amado, pendente de uma entrevista, pode claro ajuizar dos furores que agitam o coração nesse momento!

Já se resolvia a voltar para sua casa a atrabiliária moça, bem enfadada contra o seu belo caçador; e de ânimo quase firme a não voltar, quando um vulto trajado, como o seu belo caçador, para ela se dirige... Laura apenas o vê, corre ao seu encontro, dizendo:

— Tão tarde, tão tarde, meu lindo caçador?

— Com quanto não seja o mesmo...

Laura solta um grito de surpresa, de susto e de horror... Quer fugir, mas é tarde! É tarde, que uma dura mão de ferro a prende por um braço! Oh! Que não era essa mão de ferro que se esperava, era uma doce mão carinhosa! Não era a mão de um demônio, era a mão de um anjo... e o anjo não veio!...

CAPÍTULO 12

EU...

Tão precários são os nossos felizes acasos, que no lugar onde julgamos encontrar a ventura, deparamos com a desgraça; o capítulo passado bem nos revelou esta verdade! Muitas vezes onde nos supomos a sós, e aptos para tudo quanto der a nossa imaginação, no momento, em que nos dispomos a executá-la, uma pesada mão de ferro nos suspende e até nos castiga!

Caçador, caçador, onde estás? Onde estás, que não vens valer a tua amada! Ela, por tua causa entre as horríveis mãos de um assassino, e próxima à morte! Ela... e tu não vens valê-la? Como? E deixas indefesa a tua amada! Caçador, caçador, onde estás? Mas embalde é a voz do que te chama! Mancebo amador, como? Faltar a uma entrevista à tua dama? A primeira entrevista, e pedida por ti próprio! Que omissão, que falta! Caçador, caçador aonde estás? Ah, que o teu crime é um crime de morte! Caçador, caçador, a tua dama morre, e tu... tu a desamparas no momento de sua dor? Tu!...

E com efeito, quem não se encherá de cólera contra um tal procedimento Entretanto, para não criminarmos o jovem sem ouvi-lo, vejamos qual foi a carta, que ele endereçou à sua bela. Ei-la:

"Beleza incompreensível, mulher que amo com um amor inexplicável e ininteligível; dogma impercebível do meu coração; livro místico de minha alma, onde há um amor todo de mistério! Serás tu um anjo? Serás uma divindade? Eu não te compreendo! Serás tu um sonho ou uma realidade? Eu não sei o que tu sejas; mas, ou ilusão ou verdade, eu te amo! Sim, eu te amo, e não sei como! Quando te amo, quero fugir de ti! Quisera aborrecer-te, e te desejo sempre a meu lado! És o que eu não sei definir e eu sou o homem que te ama, e que mais te respeita. No meio das minhas meditações, eu te encontro como um anjo e no fundo dos meus sonhos apareces aos meus olhos como um fantasma, que me assusta, ou como um pesadelo, que me oprime!... Mas eu me acordo, e outra vez te encontro pura, como a estrela da manhã; simples, como a rola do prado; engraçada, como a flor do vale; suave, como o luar da primavera; risonha, como a mais bela estação da natureza; formosa, como o primeiro pensamento de amor entre os ternı́ssimos êxtases de inocente virgem enamorada; e finalmente bela, como um anjo! Tu então és tão suave ao meu coração, como o amoroso suspirar de enamorada brisa, docemente gemendo entre o mimoso regaço das flores! Então és um nardo divino tão consolador à minha alma, como o é para as flores o derradeiro orvalho de uma suave noite da primavera!

Entretanto, nas minhas reflexões escuto uma voz que me diz: "Consagra-lhe a tua existência, porém ela nunca será tua; vive para ela, porém ela não viverá para ti! E todavia ela será tua, viverá por tua causa, e não te pertencerá!

Quando quero estudar-te, caio num abismo de incompreensibilidades! Quando quero compreender-te, eu me perco em longos rodeios de um intrincado labirinto! E contudo, sinto que te amo. Se és desgraçada, então eu sou irrevogavelmente teu! Mas se sou feliz, os nossos destinos são um arcano do futuro. E todavia sinto que te amo, como o bom irmão ama a sua querida irmã; e te respeito, como o filho obediente respeita a sua terna mãe! Tu não poderás compreender o meu amor, e nem eu explicá-lo! Entretanto, eu te asseguro os meus respeitos, e dá-me uma entrevista; eu te protesto a minha obediência, e marca-me uma hora; cumprirei as tuas ordens, e aponta-me um logar.

O caçador"

Eis aqui a carta, que à formosa Laura endereçara o belo caçador. Vós a entendeis? Nem eu. É uma carta em que se pinta um amor verdadeiramente extremoso, mas também verdadeiramente incompreensível. É um amor cheio de receios, e são receios cheios de amor. É uma carta que parece um parto de uma imaginação escaldada.

Nós quiséramos daí arrancar algum ponto de realidade ou de moral, mas como? Por onde começar, finalizar onde? Notamos aí tantas coisas contraditórias, que é um nunca acabar; são palavras que não parecem representar ideia alguma real, ou são ideias que nada nos podem revelar: e, se aqui existe alguma coisa de verdade, ela é tão sublime, que lhe não podemos atingir. Nós não deparamos nesta carta senão com palavras habilmente coladas, formando um agradável estilo, em cuja forma há um pouco de eloquência sentimental, que faz aparecer em nossa alma uma como suave melancolia, que nos obriga a simpatizar com o seu autor. Mas quem sabe se nessa melancólica eloquência haverá uma cadeia de pressentimentos, produção de um desses divinos instantes, puramente psicológicos, em que parece que nossa alma desquitada da matéria, toda embebida na sublimidade de suas próprias perfeições, distende uma vista profética pela vasta amplidão de remotos futuros? Quem sabe quantas vezes teremos, sem o saber, vaticinado o nosso distante porvir? Oh! Pode muito bem ser; tão poucos mistérios não tem a natureza em seu imenso seio!

Nós já sabemos que em uma manhã o caçador havia estado com Laura, e nessa ocasião, falecendo-lhe o ânimo de pessoalmente entregar-lhe a carta, que pronta já trazia, resolveu-se a mandá-la por um escravo de Laura, que o havia procurado depois da sua saída. Sempre estes entes miseráveis se prestam a este baixo ofício, não só mediante alguns vinténs, mas também para se insinuarem no ânimo dos senhores, ou daqueles a quem servem, por causa da possessão de seu segredo; este mesmo escravo era quem havia sido o portador das primeiras cartas e foi quem levou a carta de Laura em resposta à que vimos, concedendo a pedida entrevista. Laura não faltou a ela; Laura lá se achou; e há pouco a deixamos entre as mãos de um desconhecido!

Agora voltemos à Laura. Deixamo-la há pouco entre mãos de um malvado, o qual, depois de lançar-lhe em rosto a sua perfídia, o seu novo amor com o moço incógnito; depois de repetir-lhe a íntegra da carta deste e a da dela; depois de oprimi-la com os mais repugnantes insultos, acrescentou com uma voz infernal:

— Agora apronta-te para morrer...

— Para morrer?!

— Sim, para morrer...

—Ah! Tem piedade de mim...

— Não há piedade para ti...

— Pelo amor de Deus, não me mates!

— É impossível; tu morrerás, e morrerás neste mesmo instante... Laura, tu não tens mais que um momento de vida: põe-te bem com

Deus, anda, é tempo; arrepende-te dos teus crimes, que tão poucos não são; anda, avia-te...

— Ah! Tem compaixão de mim! Oh, meu Deus! E morrerei tão moça...

— Bem moço morreu Florindo, e nenhuma dúvida nisso teve. Anda, avia-te.

— Ah! Espera um momento... ouve-me.

— Qual ouvir, nem ouvir; não ouço nada. Anda, que eu tenho pressa. Desejo matar-te como quem deseja ter dinheiro. Oh! Tu me não mandarás matar por esse caçador, como por mim mandaste matar a Florindo... Bem vês que nada mais faço do que antecipar-me. Vamos, vamos...

— Marcos, pois eu que te amo tanto!...

— Bem sei; quero, pois, premiar o teu grande amor, como ele merece, e como tu premiaste a Florindo. Oh! Eu aprendi contigo. Bem sabes o como sou terminante em minhas resoluções; escuso dizer-te outra vez que morrerás por força. O lugar é solitário, somos sós, e ninguém, absolutamente ninguém, pode arrancar-te de minhas mãos. Aproveita, pois, estes momentos para tua alma. — E desembainhando uma espada e apontando sobre o peito de Laura, disse ainda: — É mais um alma que vai hoje para o inferno...

— Socorro... quem me socorre?

— Eu... — bradou com voz sepulcral um terceiro personagem que acabava de entrar nesta terrível cena de horror!

CAPÍTULO 13

UM FANTASMA

Quando a segurança individual depende de um segredo, ela deve ser muito precária, quando alguém está igualmente de posse dele; e então essa segurança está à discrição do que compartilha esse segredo: é, pois, a morte do ente, que sabe da nossa vida, quem nos assegura o bem estar dela: mas quem sabe se a morte mesma será suficientemente capaz de guardar um importante segredo?

"— Oh! Felizmente chegou! É ele, é o caçador que vem salvar sua amada das implacáveis mãos do terrível e furioso Marcos! É ele, é ele... felizmente chegou, e ainda a tempo. Graças a Deus! Ele não será increpado de esquecido, nem se lhe lançará em rosto a feia culpa de motivador do assassinato intentado por Marcos contra Laura...

— Mas será ele?

— E quem senão ele? Oh! Sem dúvida alguma, é ele...

— Mas se é ele, onde esteve até agora? Por que tardou tanto?

— E quem, senão ele, podia vir a este lugar de entrevista?

— Mas que fará? Bater-se-á com Marcos? Oh, meu Deus, ele é tão lindo, é tão bom, tão jovem! Como bater-se com um malvado, destemido, robusto, e que parece tão mau...

— Que fará ele?"

Eis, pouco mais ou menos, as questões que sinto ferirem-me os ouvidos neste momento. Porém pergunto-vos agora eu: — Ansiavas que o caçador viesse em socorro de sua bela? — Creio que sim. — Receavas pela sua vida, quando a viste nas mãos de Marcos próxima a perder a vida? — Creio que sim. — E por quê? Simpatizastes vós com ela? —Creio que sim. — E por que, pois, por uma criminosa? Oh! E vós tendes razão, e conquanto na simpatia nenhuma razão haja, com efeito a vossa simpatia é bem justificável!

É tal a porção de bondade que existe em nossa alma que nos leva, ainda a despeito nosso, a simpatizarmos com o fraco, seja quem for. Se víssemos Laura lutando com uma mulher de iguais forças, certo que não só não simpatizaríamos com ela, como até desejaríamos que sucumbisse; mas são dois criminosos: um forte e armado, e outro fraco e inerme! E, pois, é justa a vossa simpatia.

Agora tenho que dizer-vos que o novo personagem, que em socorro vem de Laura, não é o caçador; embalde o temos chamado; embalde, porque não virá... Sim, bem a meu pesar devo dizer-vos que ele, ferido de um tiro, geme no leito de dores, na cidade, em casa do Dr. Sinval, seu padrinho e pai adotivo.

— Foi Marcos, foi Marcos o seu assassino...

— Ah, malvado!..

— Maldição... sobre ele!

— Ah, coitadinho! Tão moço, tão belo, tão cheio de bondade!...

— Marcos, malvado Marcos, assim acabes, monstro, assim acabes!...

Ainda me parece estas palavras de alguns de meus leitores. E que me importa que neste momento descarregueis toda a fúria do vosso ódio contra o perverso Marcos? Como ele é um malvado, lá se avenha.

Quanto ao interesse que tomais pelo belo caçador, posso assegurar-vos que é digno dele; e eu desde já vos agradeço.

Triste coisa é sem dúvida escrever uma história, que, bem que ligada em todas as suas partes integrantes, é todavia cortada de muitos incidentes. A curiosidade ergue-se de todas as partes, querendo, com boca de baleia, tudo devorar de um só bocado. Ainda bem unas coisas não estão desenvolvidas, quer-se saber outras; a um só tempo se pede um nome, exige-se uma explicação, demandam-se certos pormenores; e a nossa pobre cabeça, martelada por tantas impertinências, perde-se nesse vasto oceano de interrogações!

E, se eu vos disser que vos não posso dar o nome que me pedis, porque ainda o não sei? É o nome do desconhecido, que vem em socorro de Laura? Bem o dizia eu!...

Voltemos, porém, sobre o jardim.

— Eu — troou a voz do desconhecido que ali acabou de aparecer. Marcos não foi senhor nem da mais leve ação; porque esse incógnito, ao tempo que proferiu o seu terrível —Eu... — lançando-lhe mão da mão em que tinha a espada, não o deixou já ser senhor de si!

Havia no jardim uma grande mangueira, cujo tronco era rodeado de alguns arbustos, que formavam uma pequena moita, porém espessa: era junto que Laura estava, quando foi agarrada por Marcos, e foi dessa moita que se ergueu o desconhecido: de modo que o aparecer e proferir o — Eu... e travar da mão da Marcos, foi um só tempo! Foi o brilhar do lampejo, o troar do trovão e o ferir do raio!

Ao mesmo tempo que Marcos ouviu a voz do desconhecido, sentiu o peso enorme de uma pesada mão de ferro, que com força hercúlea lhe apertava a mão em que sustentava a facinorosa espada sobre o peito de Laura; e o incógnito, ao mesmo tempo que lhe apertava a destra, como em um estreito círculo de ferro, com uma espada, que brandia com a outra mão, lhe apresentava combate. Marcos estremeceu ao ouvir o tremendo — Eu... e afrouxando a mão que prendia a sua vítima, deixou escapar a tímida Laura, que medrosa se foi encerrar no fundo de sua alcova. Os dois ficaram a sós, e à discrição dos seus furores!

Peleja-se no fundo do jardim? Sim, peleja-se é peleja de morte!

Pouco tempo depois da fugida de Laura, ouvia-se e via-se de longe o retinir das espadas, e o seu terrível faiscar! É no fundo do jardim de Laura que se peleja! Lá, dois homens se matam desapiedadamente, e nem um vivo ousa se intrometer na briga!

Diríeis que era uma dessas cenas de sangue da meia idade, em que dois cavaleiros cheios de ciúme pleiteavam, ambos combatendo pela mesma dama, pelejando uma peleja de morte, até um deles arrancar com a ponta de uma espada, do fundo do coração de seu rival, um nome, uma imagem e um amor! Um nome só para suas trovas, e seus encômios; uma imagem só para o seu coração, e para os olhos de sua alma; um amor só para o seu ressentimento e seu ódio! Isto é, o nome, a imagem e o amor dessa dama, objetos gravados no coração desses dois rivais!

Quebrou-se uma espada, o desarmado não se dá por vencido; e o armado, tão generoso como valente, larga a sua. Uma nova luta braço a braço então começa: são dois atletas que amam ganhar bem cara uma coroa, ou vender por um preço enorme a vergonha do vencimento!

Findo um quarto de hora, a contar do princípio do duelo, um homem coberto de pó, ferido, com os vestidos rasgados, de joelhos aos pés do outro, quase do mesmo modo, pede a vida por misericórdia. Este homem é o intolerável Marcos! Seu vencedor, tomando a espada que largara, e tendo-a na destra, e um pequeno volume que tirara da moita de onde saíra, segura-o com a esquerda e entima-lhe que o siga. Marcos obedece: eles caminham silenciosos; param em um certo lugar, e aí o vencedor fala:

— Sabes que terra tens tu embaixo de teus pés?

— Eu ignoro...

— Antes finges ignorar...

— Ignoro inteiramente...

— Marcos, eu sei bem o que tu tens feito... não sabes que terra tens tu embaixo de teus pés? Pois eu te digo: tens a sepultura de um homem!...

— Oh!

— Sim, a sepultura de um homem!...

— A sepultura de um homem?!

— De Florindo!...

— Qual Florindo?!

— Que tu assassinaste!...

— Que eu assassinei?!

— Na mata vizinha, no caminho, que leva à cidade.

— Eu?!

— E que ao depois apareceu encostado à janela do quarto de Laura...

— Não há tal...

— E que tu e ela sepultastes neste lugar.

— Não há tal, não há tal...

— Se o tornas a dizer, mato-te... Eu não quero manchar-me no teu sangue, que a querê-lo já o tinha feito. Vê bem que estamos a sós; e loucura fora negar-me o que sei melhor do que tu...

— E quem te disse?

— A alma dos mortos! Oh! O mundo dos mortais não é tão independente do mundo invisível, que as almas do outro mundo não saibam dos crimes dos vivos, e os não possam revelar à terra! Em toda parte há olhos e em toda parte ouvidos; e aberra dos vivos não é tão vasta que se percam em seu seio os vestígios do crime! Ah! Malvados do mundo, pensais que os vossos dias serão sempre dias de uma amena primavera? Pensais que a sepultura é tão profunda, que guarde eternamente o funesto segredo de um horroroso crime! Ah! Malvados da terra, a vossa vida é um milagre, e um milagre é sempre uma abstração da ordem natural... mas a natureza volta aos seus domínios, o milagre desaparece, e a vossa vida esmagada debaixo do peso de vossos crimes, tomba no abismo dos flagelos, dos remorsos, da desesperação e da morte! Marcos, tu estavas bem certo de que só tu, só tu, e a tua amada éreis os senhores deste fatal segredo? Tu, e ela o havíeis depositado nas mãos da morte; e a mesma morte, de quem contáveis um silêncio eterno, abrindo uma de suas urnas é quem vem revelá-lo ao mundo. Marcos, conheces-me?

— Não.

O desconhecido tira debaixo do seu capote uma lanterna furta-fogos, cuja luz fazendo repentinamente brilhar junto a seu rostos, disse:

—Olha.

— Um fantasma!

— Adivinhaste: é pois com um fantasma que lutaste, e um fantasma é quem te fala... Agora vê se sei ou não de todos os teus crimes...

— Mas...

— Silêncio. Queres a vida?

— Para me arrepender.

— Tu não és suscetível desses sentimento, mas não importa: a Deus pertence julgar-te. Todavia eu te dou a vida com três condições: queres?

— Quero.

— Muito pode o medo da morte numa alma fraca!... Pois bem: tu viverás com as condições seguintes: 1ª - Que nada dirás a respeito desta aventura, mormente no Rio de Janeiro: aceitas?

— Aceito.

— 2ª - Que dentro de oito dias deixarás esta cidade para a ela jamais voltares: aceitas?

— Aceito.

— 3ª - Que antes da tua partida escreverás a Laura uma carta, cujo conteúdo eu ditarei: aceitas?

— Aceito.

— Olha que te enganas, se presumes enganar-me... Se dentro de oito dias não cumpres o que prometes, irei delatar teus crimes aos tribunais competentes, e então... Marcos... o cadafalso e a morte!

CAPÍTULO 14

EU TE HEI DE AGRADECER

No meio de todas as cenas de medonho horror, o homem meditabundo depara sempre com o poderoso dedo da Providência! O malvado vive tão so*mente enquanto Deus faz dele o instrumento de sua incompreensível Justiça; e por seu turno, acha outro malvado, que igualmente o puna. Deus é justo.*

Visto termos tanto falado em Marcos, digamos a seu respeito alguma coisa. Era ele um cavaleiro de indústrias de boa presença, que passara os seus belos anos, desde os vinte aos trinta e dois, em uma companhia de ladrões, a qual comandava como chefe. Era esta célebre quadrilha o terror das estradas de Minas Gerais e de S. Paulo! Nessa vida de sangue e de crimes, acostumado a ver prantos e horrores entre sorrisos infernais, e a ver mortes no meio de uma orgia de sangrentos furores, e com uma frieza glacial, que vinha a ser para ele uma ou duas vidas?!

Agora vejamos o porquê Marcos compareceu no lugar onde Laura julgava encontrar o seu belo caçador.

Em uma das vezes das ternas sedes deste jovem, foi ele encontrado por Marcos, quando ia à casa de Laura saciá-la; Marcos perguntou a Laura quem ele era, e ela lhe disse que um moço caçador, que pedira agora, mas que o não conhecia; não obstante, Marcos era tão desconfiado, e o caçador formoso, que Marcos deveria ver nele um rival feliz; e desde então espreitava tanto ao jovem, como a Laura.

Lembrados estaremos que houve uma manhã em que o caçador foi, como sempre, pedir água a Laura, e que nessa manhã Marcos lhe dissera que ia à cidade. Pois bem; saibamos agora que Marcos tinha visto o caçador sair da casa de Laura, que tal viagem era fingida, e que tudo era cilada. O escravo, portador das cartas, contar-nos-á o resto.

Agora voltemos à Laura.

Quem há aí, que vendo Laura correr para sua casa, fugindo dentre as mãos de Marcos, não a suponha cheia de susto, cortada de medo, e estremecendo ao mais leve rumor de uma palha? Vós vos afigurais que a vedes encerrada em seu quarto sempre, e sempre; se sai até a vizinha sala é sempre espreitando tudo, e de tudo receosa. A voz de Marcos, desse terrível vizinho, cujo nome só e assaz para seus terrores, lhe brada incessante em seus ouvidos: —Tu morrerás. — Por outro lado, a respeito desse generoso desconhecido, julgareis que ela pouco não tem em que cuidar. Certo não era o seu lindo caçador! E quem no seu jardim naquele momento, e a tais desoras? Como soube Marcos que ela e o caçador deviam ter uma entrevista, e naquele lugar? Vós supondes que estes são os pensamentos que ruminam na cabeça de Laura; e todavia estes eram. Naquela mesma noite Laura faz chamar o preto, portador das cartas, e o inquire sobre elas; o escravo balbucia, Laura se irrita, Laura quer saber e o escravo conta que trazendo a carta do caçador, Marcos a tomara, abrira e lera, e depois, fechando-a, lhe disse que a entregasse a sua senhora, e que a resposta que ela desse, lhe levasse naquele mesmo lugar, onde ele, Marcos, o esperaria, e que se alguma coisa a tal respeito dissesse à sua senhora, o mataria; e por esta razão ele dera à Marcos a carta que Laura mandava ao caçador, a qual, lida por ele, como a primeira, mandara o escravo levá-la ao seu destino.

Laura fez retirar o escravo, talvez para que o caso não soasse mais, pois ela desejava que ninguém dele soubesse. Por este lado estava satisfeita, pois sabia já o motivo da súbita aparição de Marcos tão intempestiva, e em uma hora tão importuna; mas o desconhecido?... Os tremores que Marcos lhe causava?... Eis aqui um tormento de morte!

Visto que ante nossos olhos compareceu a carta do caçador à Laura, justo é que a desta a aquele igualmente venha à nossa revista. Eis aqui o que Marcos leu:

"Formoso Caçador, homem a quem amo e a quem receio, mortal a quem adoro e a quem temo! Tu és para mim tão incompreensível como as tuas palavras! O amor que sinto por ti é para mim um enigma, como a tua carta! E com efeito eu te amo!Tu és tão formoso como as rosas do meu jardim, e és tão espinhoso para o meu coração, como elas são espinhosas! Eu te amo não é porque és formoso; mas eu te amo! Serás tu um demônio tentador ou um anjo de salvação? Eu não sei o que tu és, mas sei que te amo. Eu tinha tantas coisas para dizer-te... mas tudo me esqueceu!... Que queres tu de mim? Eu quisera dar-te a minha vida, mas não o meu coração! Quisera dar-te toda a minha alma, mas não o meu amor! Amo-te, mas não quero amar-te! Quero que sejas meu, mas não meu só; quero que sejas meu, mas eu não quero ser tua! Eu queria declarar-me contigo, e não sei o que te quero dizer. Tu não me podes entender, e nem eu explicar-me contigo! Enfim, amo-te, como não se costuma amar; mas não o amor de amante, e todavia é amor! Queres uma entrevista? Se julgas que eu possa voltar dela tão pura a teu respeito, tão pura como a ela for, eu a concedo. Depois de anoitecer, debaixo da mangueira grande, no fundo do jardim. Adeus..."

Alguns dos meus leitores mais sôfregos, tendo acabado a leitura desta carta, e comparando-a com a do caçador, dirão meio agoniados: — O autor desta história estará se divertindo à nossa custa? — Assim disse eu a quem me contou esta história, e ele me tornou muito sossegado: — Tenha paciência e vão ouvindo. — Assim, pois, digo eu aos meus leitores: — Tenham paciência e vão ouvindo.

Também nos há de parecer muito bem escrita esta carta para aquela Laura, que disse a Florindo que má tinha sido a sua educação; mas devemos notar que esta mulher, bastante viva, depois de casada com Augusto, tinha-se dado à leitura de algumas perigosas novelas, e estudava até os meios de mais se desembaraçar.

No quinto dia, depois da célebre cena do jardim, recebeu Laura uma carta; a letra era de Marcos; ela estremece, abre, e lê tremendo o seguinte:

"Forçado por minhas circunstâncias a abandonar para sempre o Rio de Janeiro, quero que a meu respeito fiqueis completamente tranquila: esqueçamo-nos de tudo quanto entre nós houve; e este esquecimento seja um esquecimento eterno. Amanhã, pelas sete horas da tarde, devo embarcar no largo do Palácio, e no seguinte dia sairei para sempre desta terra.

Aproveito esta ocasião para ser justo antes de minha partida. A pessoa que no fundo do vosso jardim apareceu em vosso socorro, e a quem deveis a vida, era o vosso escravo João. Adeus, sede feliz, *Marcos.*"

Laura respirou ao ler esta carta.

Marcos prometeu ao seu vencedor quanto este quis por medo da morte; cumpriu quanto prometeu por medo da justiça.

A carta porém de Marcos não era assaz suficiente para tranquilizar Laura, era mister verificar-se quanto Marcos nela dizia. É verdade que os escravos de Laura haviam antes assegurado que um homem da cidade tinha ido ver a chácara de Marcos para comprá-la, o que em parte confirmava a carta do mesmo; porém isto era pouco, queria-se uma prova evidente, isto é, exigia-se ver Marcos embarcar e deixar o porto.

Laura não era uma dessas almas inocentes, que ignoram até onde chega o poder de um malvado, e Marcos, que era um homem que não deixava impune uma afronta, era tão perigoso para Laura, que a sua presença deveria ser sempre temida.

Se acreditarmos nas confissões feitas por um homem que foi preso na praia de Botafogo, veremos claramente as intenções de Marcos, e admiraremos o seu talento para uma vingança. Este homem, preso por ter dado uma facada por causa de jogo, foi conhecido na cadeia por alguns de seus antigos comparsas, convém saber, ladrões da célebre companhia de Marcos. Passando-se-lhe revista em tudo quanto trazia, achou-se-lhe uma carta que havia recebido na véspera de sua prisão, a qual fora no dia em que Marcos devia embarcar. Esta carta dizia o seguinte:

"Amigo, eu vou até a Ilha Grande, pois no curto espaço que tenho, não achei embarcação para um porto mais perto. Apenas ali chegue, voltarei no primeiro navio que para aqui voltar; e então uma boa fortuna nos espera. Alembra-te. Marcos."

Ora, o sigilo das cartas não tem tão amplo círculo, que abranja nele os extensos braços da obesa Polícia; e essa velha matrona pouco escrupulosa em segredos, e curiosa importuna a ponto de indagar e tudo querer saber, não é muito amiga das formas polidas nem de cerimônias sociais para com aqueles a quem toma debaixo de seu imediato cuidado. Este homem preso, perguntado e reperguntado, sob algumas promessas, confessou que Marcos, que adotara este suposto nome, se chamava Pedro, e que fora capitão de uma quadrilha de ladrões, de que ele fora um, como tenente; este Pedro, conquanto já mais rico ainda, não tinha perdido o caridoso amor de guardar aquilo que seus donos guardavam mal; que Pedro, ameaçado por alguém de quem jurara vingar-se, se esse alguém fosse vivente, ia deixar o Rio de Janeiro sem a menor demora; mas com firme propósito de voltar logo; e que então deveria estar oculto em sua casa, até ir arrecadar os bens de uma rica viúva, moradora em Copacabana, a cuja vida Pedro dizia ter incontestável direito, por causa de algumas razões de queixas que contra ela tinha, de quando foi seu vizinho. À estas declarações seguiram-se outras que não dizem respeito à nossa história.

A Polícia, que por seu gosto não teria hóspedes, mas que quando os tem não se incomoda com eles, resolveu que a morada e comestíveis do suposto Marcos deveriam, dali em diante, correr por sua conta. Marcos, porém, de sua parte, como homem franco e gastador, de mui boa vontade lhe dispensava o incômodo, agradecendo-o sem aceitar, não lhe pesando jamais pagar as casas em que vivesse, e comendo nelas à sua custa: parece isto um ponto de soberba, mas ele lá tinha com a Polícia razões de queixas, e tão positivas, que até lhe haviam feito mudar de nome!

Os fatos que temos enfiado até o momento, não nos deram lugar de falar mais em certo personagem, que em um dos capítulos desta história apareceu por um instante para representar um mui difícil papel, e desaparecer logo: é o fiel João! O silêncio que sobre ele guardado temos, teria feito desconfiar a muita gente desconfiada que ele já não existisse; e estou que alguém haveria que por ele algum interesse tomasse.

Ora, pois, João tornou a si do desmaio que sofreu por causa da pancada na cabeça, quando salvava seu senhor, como temos visto. Se ainda hoje João fosse vivo, agradeceria muito a quem por ele algum interesse tomasse.

Deixemos ainda Marcos por alguns instantes e vejamos o que se passa entre Laura e João, depois da carta deste.

— João, viste alguma coisa no jardim, no domingo à noite?

— Vi o Sr. Marcos escondido debaixo de uma árvore, e eu estive vigiando a ele debaixo de outra árvore.

— E depois?

— Ele quis matar a minha senhora.

— E depois?

— Eu saí, briguei com ele, e eu pude mais do que ele...

— E depois?

João repetiu a Laura o quanto sabemos que aconteceu entre Marcos e o seu vencedor.

Depois Laura disse:

— E tu, porque vigiaste ao Sr. Marcos? Desconfiavas dele alguma coisa?

— Eu...

— Fala.

— Eu desconfiava, sim, senhora.

— E por quê?

—Porque o moço, que anda caçando... o moleque me disse que o Sr. Marcos tinha tomado as cartas dele e tinha lido... e aquele homem tem cara de mau...

— Está bom, João, eu te hei de agradecer.

No dia em que Marcos dizia na carta ser o de seu embarque, Laura mandou o preto João para assegurar-se disto. Sigamo-lo até o largo do Palácio dos vice-reis.

João está no meio do dito largo e dirige seus passos, em frente do Palácio, para alcançar o ponto em que a rua da Misericórdia aí desemboca. Pouco antes de chegar ao ponto, onde hoje se veem os três arcos que comunicam o Palácio ao que foi outrora convento dos frades do Carmo, hoje também Palácio, ouve-se uma grande gritaria. Muita gente corre para o mesmo lugar; João corre também; aí, um homem banhado no seu sangue acaba de expirar.

CAPÍTULO 15

CONTO CONVOSCO

A incerteza da existência da pessoa que amamos é o tormento, que mais pode oprimir nossa alma e esmagar nosso coração. A saudade desse objeto é um círculo de ferro que cerca a nossa imaginação: a incerteza aperta esse círculo com tanta força que sentimos estalarem-se nossas ideias de um modo doloroso, de encontro ao rochedo da ausência. Mas a inesperada vista desse bem é tão venturosa que por si só é capaz de fazer-nos esquecer nossos desastres passados, adoçar nossos males presentes e até abrilhantar nosso lutuoso porvir. Se, pois, existe sobre a terra a suprema felicidade, é a que entrega em nossos braços o bem que perdido chorávamos.

Amar!... Compreendeis vós o sentido oculto desta palavra de mistério? Amar!...

Quanto é doce amar! Ah! Houve um tempo em que a luz de vossos olhos estava noutros olhos? Um tempo em que nenhum som abalava o tímpano de vossos ouvidos senão uns sons mais suaves do que o suave suspirar da brisa; uns sons mais ternos do que o terno gemer da maviosa rola? Um tempo em que nenhum cheiro feria gostosamente o vosso olfato senão um cheiro mais precioso do que o do divino nardo! Um tempo em que o vosso sabor existia em outros lábios! Um tempo em que o vosso tato ressentia-se apenas ao leve tocar de um estranho corpo, mas onde palpitava o vosso coração, e onde cogitava a vossa alma? Houve um tempo, em que vós não sentíeis em vós próprio, porque outra pessoa possuía os vossos sentidos? Um tempo em que não vivíeis em si mesmo, porque outra pessoa em vós vivia, como vós nela?

Tivestes alguém, cujo olhar vos assustava, cujo falar vos fazia tremer, e cujo tocar vos abatia? Tivestes alguém, cujo rosto vos desenhava um serafim, e cujo sorriso desdobrava ante o vosso coração todos os encantos do céu? E que nome dáveis a esse alguém? Vós lhe chamáveis — Minha amada! — Pois bem; mas isso era nos momentos de vossa calma: e nos momentos de vossos êxtases? — Um anjo! — Bem: e nos vossos delírios? — Um Deus! — Sim, um Deus; e ela o é quando verdadeiramente ama, porque Deus está em seu coração, o céu no seu rosto e os anjos em seus sorrisos! Amar!

Adormecestes alguma noite amando? Dormistes já um sono de amante? Tendes vós alguma vez vos acordado em uma madrugada de amor? Oh! Como é tudo isto encantador! Amar! Quanto é doce amar!

E houve algum tempo em que amando e sendo amado, longe existia a vossa querida? Provastes algum dia as dolorosas ternuras de um melancólico afeto a que chamamos saudade? Compreendeis todo o amplo sentido da palavra saudade? Experimentastes uma vez os efeitos dessa dor de nossa alma, durante a ausência da eleita do nosso coração? Saudade... doloroso sentimento da sensibilidade penalizada nos males do presente! Suave efusão da inteligência deleitada nos bens do passado! Consoladora esperança da vontade na incerteza do futuro! Saudade... composto maravilhoso de múltiplos sentimentos de que resulta para nossa alma a suprema faculdade de atingir a todas as sublimidades do Amor!

Uni agora à saudade a incerteza da existência do bem amado, e vós tereis, não um sentimento terno e melancólico, mas um sentimento cruel e desesperado!

Aqui tendes o estado em que se achava a alma de Laura. Amava e amava muito; seu bem estava longe dela, e desde o dia que terminado fora pela terrível cena do jardim, que não tinha do seu belo caçador nem a mais leve notícia. A inesperada aparição de Marcos no lugar da entrevista, a declaração do escravo, que asseverara ter ele interceptado a sua e a carta do caçador, eram mortais angústias para sua alma! Esse jovem a quem ela ama, desde que tal amor tivera princípio, não tinha deixado passar quatro dias sem vê-la, e todavia sete já são decorrido desde esse fatal dia, e ele não aparece! Marcos sabe de tudo, e Marcos de tudo é capaz. Ela tremia, pois, pelo seu belo caçador porque o ama, e o ama tão estremecidamente, que dar não duvidaria pela vida dele a sua vida, se morto ele estivesse, e por esse tão caro preço resgatar pudesse uma vida, que era a alma de sua vida. À estas ideias lúgubres unindo-se outras não menos dolorosas, vinham contristar sua alma, e funestar dias que ela quisera guardar desvelada para sacrificá-los, como oblação de um apaixonado amor, ao formoso mais amado de seu coração, ao belo mais doce de sua alma, o lindo caçador enfim!

Tais eram as ideias que turbilhonavam na escandecida cabeça da apaixonada Laura, como um turbilhão de chamas, entre massas combustíveis no abrasado bojo de troador vulcão, quando ouviu bater à porta... chega à janela... — Ah!... — foi um suspiro de amor arrojado por um repentino prazer.

— Formosa Laura!...

— Meu lindo caçador!...

—Vós deveis estar muito enfadada comigo, não é assim?... Nem eu aqui venho se não a pedir-vos perdão; e estou certo que depois que me ouvirdes, me perdoareis...

— Mas de quê? De quê?

— Por não ter comparecido no lugar aprazado para a entrevista que tive a liberdade de pedir-vos...

— Ah... Nem disso já me alembrava...

— Como! Pois não vos alembravas?

— Sim; o prazer de ver-vos é tal, que já me tinha feito esquecer todo esse passado. Mas, vamos, por que não viestes?

— Vedes esta ferida?

— Oh, meu Deus! Ferido!

— Não vos assusteis; é coisa mui pequena.

—E como a recebestes, como?

— Eu vos conto. Depois que daqui saí, no dia em que vos dirigi a minha carta, diverti-me algum tempo na caçada; já um tanto cansado, parei à sombra de uma árvore para tomar alento; carreguei a minha espingarda, e distraído a deixei armada...

— Oh, meu Deus! Que fizestes...

— Foi uma distração. Depois, pondo a mão sobre a boca... Oh! Eu tinha todo o meu pensamento embebido em vós, e de nada mais me alembrava! Absorto em meus pensamentos, puxo a arma para adiante; um cipó, talvez, embaraçou-se no gatilho, a arma disparou...

— Ai!

— Não tenhais susto; nada foi; feri-me apenas nesta mão, aqui neste lugar que chamam bordo interno; bem vedes que não houve perigo, pois que o lugar não é para isso. Todavia, o susto arrancou-me um grito involuntário; meus companheiros, ouvindo o eco do tiro e o do grito, acudiram-me, e vendo-me ferido, propuseram-me voltarmos para a cidade. Foi debalde que lhes resisti, fazendo-lhes ver que a ferida era de nenhum cuidado; não me atenderam, e quase à força fizeram-me ir. Eis aqui a razão porque não compareci, como devia, no lugar da entrevista.

Laura, tendo ouvido esta narração, olhou para o mancebo em um como êxtase, e exclamou:

— Vós sois um anjo, e Deus vos protege. O vosso tiro foi um beneficio do céu.

—Talvez... mas eu não vos entendo.

Laura contou então ao caçador que tivera um vizinho que por vezes solicitara o seu amor, mas debalde, pois que ela o aborrecia; que este vizinho, desconfiado de o ver em sua casa (ao caçador) a rondava de contínuo... etc... etc... Isto é, Laura contou tudo acerca da intercepção das cartas, e a importuna aparição de Marcos no jardim, terminando desta maneira:

— Já vedes que se fosseis a esse lugar seríeis vítima desse malvado.

— E vós fostes?

— Sem dúvida...

— E ele?

— Intentou contra a minha vida...

— Que malvado! E depois?

— Um meu escravo, correndo em meu socorro, livrou-me dele...

— Que monstro! É por isso que ele pretendia vingar-se de vós?

— Vingar-se de mim! Como? Pois sabeis alguma coisa a tal respeito?

— Sim, sei.

Laura corou estremecendo. O caçador notou o seu sobressalto, e interpretando como efeito do susto, acrescentou de um modo afetuoso:

— Tranquilizai-vos. Eu vos conto em curtas palavras o quanto sei.

Ele contou-lhe então o quanto o preso revelara a respeito de Marcos, e da premeditada vingança contra ela; e acabou, dizendo:

— Felizmente ele não poderá escapar às garras da polícia, que por toda a parte o busca. Deus protege os seus anjos.

Os dois amantes, depois de largo conversarem sobre seus amores, Laura disse:

— Vós me havíeis pedido uma entrevista, e eu tive a imprudência de vos a conceder...

— Como, senhora? Imprudência por quê? Acaso me julgaríeis capaz...

— De nada. Não vos antecipeis. Digo imprudência por causa do lugar, pois que sendo eu livre, aqui mesmo vos posso receber e escutar tantas quantas vezes quiserdes falar-me.

— Perdoai-me; bem sei que sois viúva, segundo me houvestes dito; sei que sois senhora de vossas ações... mas a vossa família...

— E o que tem a minha família? A nossa entrevista não passaria de um inocente entretenimento.

O caçador corou; Laura sorriu-se e ele timidamente disse:

— Nem eu mesmo exijo mais...

A isto seguiu-se um breve silêncio que bem podia revelar a timidez de que estavam possuídos aqueles dois corações neste momento. Direis que é um mancebo terno, amante e vergonhoso (este o era) que pela vez primeira se vê à face do terno objeto que ama: e que é uma donzela tímida que ama e receia; e que por fortuito acontecimento se acha em presença, só por só, do mortal por quem seu coração palpita ansioso cheio de amor, e como ameaçado pela força da paixão a estalar-se. Finalmente, o mancebo falou:

— Perdoa-me, é um pouco tarde; haveis de permitir que me retire.

— Pois já?

— Vou à minha caçada.

— Esperar-vos-ei quando a acabardes?

— Se o determinais...

— Não; porém vos rogo.

— Como o quereis, eu vos obedecerei.

— Conto convosco.

— Até a volta.

CAPÍTULO 16

AMANHÃ!...

A religião tem ministros que podem muito por meio da palavras; outros por meio de seus exemplos muito mais. Os que podem por meio dos cruéis efeitos que produzem são os remorsos! Eles podem quanto não podem a palavra o os exemplos.

Muitas vezes a ruína de um malvado é o remorso de outro. Venha o arrependimento; embora tarde, ele será sempre bem hospedado por nossa alma.

— Pega, pega... Pega ladrão, pega ladrão.

— É aquele, que ali vai fugindo... é ele, é ele... Pega, pega...

Tais eram os gritos que no largo do palácio de todas as partes se alevantavam, enquanto no ponto de onde partia correndo o fugitivo, se apinhava uma numerosa multidão de pessoas de todas as idades (que vagam pelas ruas), sexos e cores; e enquanto um homem, que parecia escravo, com tanta velocidade fugia, que em sua rápida carreira parecia nem tocar as pedras que ladrilhavam a rua Direita. O fugitivo, iludindo os seus perseguidores e os empenhos da polícia, alcança a ladeira do mosteiro de S. Bento, e nem mais vestígios.

Um homem tinha acabado de desembocar da rua de S. José, e dirigindo-se para o largo do palácio, quase ao voltar o canto do mesmo, ao sair ao largo, abalroou-se com um rapaz destes a quem chamamos vulgarmente *capoeiras:* o encontro foi forte; o homem irrita-se e desanda uma forte bofetada no crioulo, que o atira à terra; este, um tempo foi erguer-se do chão cheio de fúrias, e de um salto de onça, voar sobre o nosso homem e traspassar-lhe o coração com uma faca... ele cai, estrebucha e morre!

Supondes que desse lugar vedes um grande ajuntamento de pessoas que formam um grande círculo em redor de um corpo exangue, sem vida e caído sobre um grande lago do seu próprio sangue. Entre os espectadores, que o cercam, notai um preto de trinta e oito a quarenta anos de idade, que contempla o morto com um gesto misterioso!

Estudai no semblante desse preto; vós encontrareis nele um pensamento que sobre seu rosto podeis todavia ler em sua alma: compreendei bem esse pensamento, e vós o traduzireis nestas palavras: "Quem com ferro fere, com ferro é ferido!"

Esse preto é o fiel João; o morto, o malvado Marcos! A sua vez tinha chegado!

É Marcos, pois, o morto! Há de menos um malvado sobre a terra, mas há também um criminoso de mais!

Marcos encontrou a morte nas mãos daquele a quem ofendera pela primeira vez!

Pela primeira vez, é verdade, mas com uma das mais graves ofensas que na terra dos homens sociais pode-se encontrar! Também num escravo se podem deparar com estímulos dignos do mais honrado homem livre! Não é um escravo o matador do malvado, é um homem cruelmente ofendido, justamente irritado, e que tinha direito a uma vingança no próprio lugar em que fora indignamente afrontado! Notemos que quando vos digo — um rapaz capoeira — não vos quero dar a entender um matador por ofício, mas um rapaz tão ágil, tão ligeiro nos manejos de seu corpo que, inerme, pôde defender-se de um homem armado.

É, pois, Marcos o morto, e morre quando preparava uma vingança!

As terríveis palavras do fantasma do jardim acabavam de verificar-se neste momento de horror, e talvez de eterna justiça!

"Ah, malvados da terra! A vossa vida é um milagre, e o milagre é sempre uma abstração da ordem natural... mas a natureza volta aos seus domínios, o milagre desaparece e a vossa vida, esmagada debaixo do peso de vossos crimes, tomba no abismo dos flagelos, dos remorsos, da desesperação e da morte!"

E não é isto o que acabamos de ver? A vida de Marcos era um milagre, e o milagre havia cessado! Marcos tinha caído debaixo de seu próprio peso, e a carga enorme de seus crimes o havia para sempre esmagado!

O fiel João contemplou este corpo sem vida com um interesse misterioso! Se acreditarmos nas palavras deste honrado negro, temos que notar alguma coisa entre este corpo e o de Florindo.

Marcos, ferido no lado do coração, caiu sobre ele, no meio de um mar de seu próprio sangue, e com a mão direita sobre o peito esquerdo parecia apertar a ferida por onde há pouco lhe fugira, envolta em negros borbotões de empestado sangue, uma alma desesperada e tão criminosa! Tal era a postura de Florindo quando expirou, tal a sua ferida. A só diferença era que Florindo disse algumas palavras quando caiu, e ouviu alguém dizer-lhe: "Deus te perdoe." Marcos, porém, nada ouviu, nada disse além de um horrendo ai de morte. Adoremos a justiça divina.

O preto volta à sua senhora, e fiel narrou-lhe tudo quanto visto tinha, empregando quase as mesmas cores lutuosas de cenas tão deploráveis! Laura tremia a ouvi-lo. Foi esta a primeira vez que ela entrou em si própria! Foi então que uma séria reflexão teve lugar em sua alma!

Laura passa pela imaginação o terrível drama do assassinato de seu marido, obra sua e do funesto Florindo. E então ela própria desenrola em seu pensamento esse longo novelo de continuados horrores! Depois, Florindo morto às mãos de Marcos por sua mesma ordem! Quem sabe se isto seria a justa punição de seus crimes?! Depois, o perigo em que se vira no jardim às mãos do facínora! Ah! Será isto um aviso do céu?!

Enfim, a morte de Marcos!...

E de fato, todos estes acontecimentos eram lições de onde a moral tinha não pouco que colher. Mas Laura havia visto malvados que viviam contentes... como ela se enganava! Além disto, diria ela consigo própria: "E Augusto não acabou mal? E que havia ele feito?" Laura era ainda tão moça que não podia maduramente pensar sobre estas enfiadas consequências! Era impossível até em tanta mocidade, em tanta formosura e em algumas riquezas, uma repentina mudança de vida, a menos que naquele coração não houvesse um golpe, cujo remédio fosse pronta emenda de vida tão abominável. Laura tinha consciência do muito poder de seus encantos, o que obstava a mudança de seu coração! Mas quem sabe? Ela é moça: amará ela ainda com um verdadeiro amor? O amor produz seus milagres, e talvez ela então possa sofrer uma emenda! E que momento! Ela pensa sobre seus crimes! Sim, ela medita...

Alguém bate; Laura aproxima-se da porta... Ah! É o idolatrado escolhido do seu coração! É ele, e nunca tão a propósito, pois vem arrancá-la de seus amargurados pensamentos. A alma de Laura, que nesse momento vagava pelo negro espaço do amplo painel de seus crimes, veio estremecidamente ao doce apelo da ternura, percorrendo a fogosa órbita de amor, para aí entranhar-se gostosa na suave contemplação dos quase celestes encantos do melindroso caçador!

Laura, desenhando o céu em um encantador sorriso, dirigindo-se ao seu amado, graciosamente disse:

— Tardastes muito...

— Muito?

— Muito. Já estava saudosa de vós.

— Muito vos devo.

— Como? Pois vós não me tendes amor, como eu vos tenho?

— E o duvidais?

— Então nada devemos um ao outro.

— Não obstante amar-vos, eu sempre vos devo muito.

— E por quê?

— Porque grande diferença existe entre nossas posições sociais.

— E quais?

— A mais notável é a vossa riqueza, e o meu pobre estado...

— Vós sois pobre?

— Pois já vos esquecestes que vos disse que sou órfão de pai e mãe, e que vivo como por esmola em casa de um meu padrinho; e que não tenho de meu talvez nem o ar que respiro?

Ao falar assim, duas formosas lágrimas se deslizaram de seus lindos olhos ao longo dessas belas faces angélicas, que foram saudadas por outras duas não menos formosas, que os (também lindos) olhos de Laura igualmente ao longo de suas belas faces, escoar-se deixaram, como por uma terna simpatia. E ela disse:

— Pois bem, sois pobre? Tanto melhor, tanto mais amada serei por vós, tanto mais eu vos amarei. Serei eu digna de vós? Se como tal me julgais, eu repartirei convosco a minha liberdade. Os meus bens sobrarão para nós ambos; vós sereis o senhor deles, como o sois de meu coração...

Laura disse e estremeceu. Parecia contente do que acabava de dizer, e parecia arrependida!

O caçador arrebatado num êxtase de prazer e de amor, numa deleitosa efusão d'alma, atirou-se aos pés de Laura, exclamando:

— Ó alma generosa, como sois amável! Vós me quereis fazer feliz, e eu vos amo tanto, que ofenderia o meu próprio coração sempre que vos desgostasse! Eu pecaria contra mim próprio sempre que vos desobedecesse! Vós saís de vós própria, desceis até mim para depois me elevardes até a misteriosa altura do vosso sensível coração! O meu amor, a minha gratidão para convosco só acharão uma única barreira, a sepultura! Mas se além-túmulo, no mundo dos puros espíritos, duram as memórias da terra, e existem as mesmas sensações, lá mesmo vós sereis minha, ó minha doce amada! Eu parto, eu vou lançar-me aos pés de meu padrinho, suplicar sua licença, ele me dará... e depois, vossos braços, amor, e a felicidade!

Assim falou o mancebo. Esta bela cena de entusiasmo cedeu seu lugar a cenas de ternura e de protestos: era bem natural.

Findo tudo isto, o mancebo saiu e buscou a casa de seu padrinho na cidade.

Apenas aí chegado, procurou seu padrinho, o Dr. Sinval; contou-lhe o conhecimento que tomara com a viúva de Copacabana, contou-lhe com as mais vivas e esquisitas cores a beleza desta mulher, fez-lhe saber que era rica, descreveu-lhe do modo o mais apaixonado o seu amor para com ela, e as disposições dela a seu respeito, notou-lhe as vantagens que ele podia obter por esta união, e acabou por pedir-lhe licença para desposá-la.

— Como se chama ela?

— Laura...

— Amanhã a iremos ver.

— Amanhã...

O caçador estremeceu!... Seria de susto ou de terror? Que mistério! Era noite: um personagem, que acabava de ouvir as últimas palavras, tendo o rosto envolto em um lenço atado por debaixo da barba, o chapéu assaz enterrado na cabeça, embrulhado num grande capote, entra, e apertando a mão do Dr., disse com interesse:

— Amanhã!... — e desapareceu.

CAPÍTULO 17

QUE VEJO!...

A nossa vida é um composto de desordens seguidas por uma nova ordem de eventualidades felizes ou desgraçadas; não há, porém, uma eventualidade feliz que possa ser o cúmulo da suprema felicidade, mas pode haver uma eventualidade desgraçada, que possa ser o derradeiro abismo da extrema desgraça.

— Suponde que estamos na sala de Laura; ela graciosamente assentada no seu canapé tem de um lado o Dr. Sinval e do outro lado o belo caçador. A porta está apenas encostada. Um homem envolto em seu capote, coberto com o seu grande chapéu, e mui enterrado em sua cabeça, com o rosto quase sepultado em compridas barbas e longos cabelos, um grande parche que lhe encobre quase toda uma face; demora à porta. Laura pergunta quem ele é?

— É um doente, que me veio consultar; eu o despacharei — foi a resposta do Dr.

São quase onze horas da manhã. Os três personagens do canapé conversam com interesse, o homem que está de fora avizinha-se, e encostado a um portal da porta, nem está bem dentro, nem bem fora. Ele parece não perder palavra da conversação. Ouve-se a voz do Dr.:

— Enfim, minha senhora, eu me oponho absolutamente a este casamento.

— E por quê, senhor doutor?

— Porque não é de meu gosto...

— Esse modo de falar indica ódio...

— Antes compaixão...

— Compaixão! E por quê?

— Perguntai à vós própria, e o sabereis.

— Não vos compreendo; mas seja como for: se vosso afilhado e eu o quisermos?

— Ele o não quererá; mas se o quisesse, eu o saberia impedir.

— Confiais muito em vós; mas sabeis que se sois rico, também eu tenho riquezas...

— Vossas riquezas vos não podem servir para este negócio.

— Pois veremos, senhor; eu tenho grandes meios à minha disposição.

— Bem sei. Como tem sempre uma mulher adúltera quando quer desfazer-se de seu marido, como, por exemplo, um incêndio, um veneno... ou quer acabar com um amante criminoso, por meio de um malvado com um tiro, etc.

O tom de convicção e a frieza horrorosa com que o doutor pronunciou estas palavras era para rasgar no coração de Laura a mais profunda e envenenada chaga; e mormente à vista do amante caçador, que não bem podendo interpretar em sua imaginação as palavras de seu padrinho, olhava todavia atônito, para ele e para ela como quem, por sobre seus semblantes, queria penetrar os arcanos de seus corações! Em verdade, nada de mais designativo para Laura do que as palavras do doutor.

Não obstante, a viva Laura, com afetada franqueza, e com a mais revoltante e incrível frieza, respondeu:

— Não sei de quem falai...

— Atendei-me: permiti que vos conte uma história.

— Agora não é possível.

— Mas há de ser agora mesmo.

— Estou incomodada.

— É pequena.

— Embora. Permiti-me licença...

— Não; haveis de ouvir-me. Assentai-vos.

— Senhor...

— Bem sabeis que vos não temo. Quero que me ouçais e o quero absolutamente... Haveis de ouvir-me... ou... Vós me compreendeis.

— E que história é essa?

— Não vos diz respeito, *é* verdade; mas bom será que a saibais. Ouvi-me, pois:

Entre as muitas pessoas, que eu conheci nesta cidade, havia um tal moço, recomendável pelos seus maus costumes nos seios das famílias que frequentava. Entre as diversas casas que este visitava, era bem assim a de um honrado moço, há pouco tempo casado com uma bela moça: eu era amigo dele.

Algumas vezes eu falei-lhe sobre a amizade deste moço, mas ele era tão demasiadamente bom que jamais desconfiava dos outros.

Um dia, eram nove horas da manhã, pouco mais ou menos, eu estava na botica de um meu amigo, isto é, num quarto dela, para a parte de dentro, de modo que não podia ser visto de fora, quando entrou ele, pois se dava muito ou era até amigo do caixeiro, e lhe pediu um pouco de veneno para extinguir ratos. Ora, isto podia ser verdade; eu sou de um natural desconfiado, e a minha idade me tem feito aprender o quanto pode um moço louco, perdido de amor. O caixeiro hesitou, dizendo que um pouco de veneno não se dava assim. O moço prometeu então o mais inviolável segredo, e o mesmo exigiu do seu amigo caixeiro. Admirado eu desta instância e deste religioso segredo, acompanhado de minha experiência e natural desconfiança, acenei ao caixeiro para que se calasse e viesse ter comigo. Todavia, o caixeiro, pretestando certo serviço ligeiro, pediu licença ao pretendente e veio a mim. Então, impondo-lhe segredo sobre mim e sobre o que eu lhe mandava fazer, disse-lhe que desse a seu amigo um estupefaciente, cujo nome lhe indiquei, e disse-lhe que desse uma porção que produziria um torpor de algumas horas. O narcótico que mandei dar é daqueles que produzem um tão profundo letargo, que só um facultativo o pode discriminar da morte. Isto feito, certo que a dose que mandei dar nenhum mal faria a quem a tomasse, botei-me para uma chácara nos subúrbios da cidade, de um amigo meu com quem fui jantar; de volta, soube com espanto que o moço, meu amigo, era morto. Perguntei a que horas tinha morrido, disseram-me que às onze horas, pouco mais ou menos. A pessoa que disto me noticiava, acrescentou, dizendo a igreja para onde naquele momento tinha seguido o acompanhamento fúnebre!

Não foi a morte súbita que eu admirei, mas foi a pressa de sepultar-se o corpo do morto. Não pude resistir à minha admiração e encaminhei prestes para a dita igreja. Chego, a cerimônia do enterramento está finda e a igreja já quase solitária. Examino o corpo e conheço que o que parecia sono de morte, não era mais do que um profundíssimo letargo, a que seguir-se-ia o da morte, se breve senão acudisse ao paciente. Cumpre notar que isto era devido ao tal caixeiro, que deu mais do narcótico do que eu o determinara, como depois verifiquei. Conheci que o desgraçado podia ainda viver se porventura o acudissem.

Por felicidade, o sacristão dessa igreja não só era meu conhecido, como até me era assaz obrigado. Chamei-o, e exigindo dele um juramento sagrado, comuniquei-lhe o que havia, invocando o seu socorro em favor do suposto morto: tiramo-lo da catacumba, despimo-lo de seus hábitos sepulcrais, e com eles fingimos o defunto dentro do caixão da mesma catacumba, que devia fechar-se na seguinte manhã e alguns pedaços de pano velho, um pouco de cal e vinagre acabaram de formar o fingido defunto.

Findo isto, eu e o sacristão tomamos o nosso homem, e o levamos para um lugar mais apropriado, onde prestei-lhe quantos socorros a arte me aconselhou. Tornou finalmente a si, e um pouco mais tranquilo por minhas diligências, soube por minha boca que, em consequência de um letargo, fora julgado morto. Nada mais lhe disse, nada mais, pois, convinha. Poucas horas depois o ressuscitado estava em minha casa. Quando se achou completamente restabelecido, contei-lhe toda a história e as razões em que me fundava para crer que fora envenenado por sua mulher, ou quando menos, pelo seu amigo.

O pobre homem tremia ao ouvir-me: queria não dar-me crédito; mas a compra do veneno, o narcótico levado, o seu longo torpor, a pressa de seu enterramento, eram provas quase evidentes. Como quer que fosse, ele resolveu-se a ficar oculto, e debaixo de hábitos e formas disfarçadas, espreitar os passos de sua mulher.

Era, pois, em minha casa que ele estava oculto; mas passava quase todas as noites rondando a casa de sua mulher. Além de mim e o sacristão da igreja, só outra pessoa sabia destas coisas, era um escravo que o acompanhava todas as noites, e em cujo quarto, pegado à casa de sua suposta viúva, ele passava muitas noites e até dias.

Bem pouco tempo foi mister para verificar-se o crime. Deveis saber, senhora, que quando a suposta viúva se julgava a sós, entre os braços de seu criminoso amante, ela era ouvida pelo seu próprio marido; mas ainda não era tempo...

O doutor neste lugar fez uma parada, tirou a boceta, e tomou uma pitada. Laura fazia-se de mil cores ouvindo esta narração tão análoga à sua história; sua alma experimentava neste momento os mais terríveis tormentos do inferno, mas a necessidade a obrigava a escutar. O doutor continuou sua história:

Houve uma noite, em que esta mulher, a pedido do seu amante, teve a bondade de contar-lhe a sua história: já se vê que durante tal narração seu marido a ouvia. O amante a ouviu, e ou fosse horror ou fingimento, o certo é que ele resolveu-se a deixá-la entregue a si própria, e efetivamente o fez nessa mesma noite, em que lhe ouvido tinha a sua funesta história.

Esta mulher de sangue determinou logo acabar com este amante: ela acha um malvado, que, pelo prêmio do seu amor, aceita esta mortal comissão, e poucos momentos depois que seu amante a abandonara, ferido de um tiro, deixa de viver uma vida de fogo, de sangue, de veneno, de mortes, de crimes, e de adultério enfim!... No momento porém em que este malfeitor cai expirante, um desconhecido lhe aperta a mão dizendo pouco mais ou menos: — Deus te perdoe. — Já se vê que este desconhecido era o suposto morto. Poucos minutos depois, esta mulher e seu novo amante, contando ambos mais um crime, ouviram sobre a janela do quarto em que estavam, um como arranhar pelo lado de fora, sinal que costumava dar o primeiro amante quando ia falar-lhe: ela é aberta, e com espanto dos dois criminosos, o homem, que há pouco fora assassinado, se vê recostado à dita janela! Já se vê que foi o suposto marido morto que arranhou sobre ela; e que o mesmo, ajudado de seu fiel escravo, foi quem trouxe o corpo do morto para recostá-lo à janela desse quarto de maldições! Sim, que ele estava bem certo que os dois criminosos o sepultariam, e seria sobre a sepultura desse adúltero execrando onde ele provaria à sua mulher todos os seus medonhos crimes! Parece que escrito estava que por causa desta mulher devia ainda correr mais sangue: e todavia, ela faz uma nova digressão, e um novo amante espera uma entrevista no fundo de seu jardim; ela não falta; e quando pensa correr aos braços do seu amado, acha-se entre as mãos mortíferas do matador do primeiro amante.

A desgraçada grita, pede socorro, e um desconhecido aparece em seu favor. Já se vê também que foi o mesmo suposto morto que aí apareceu em socorro de sua mulher, cuja vida estava a ponto de perder às mãos de seu ciumento amante. Já se vê, enfim, que foi o mesmo que obrigou a esse homem malvado a deixar o Rio de Janeiro, a escrever uma carta à sua mulher noticiando-lhe isto mesmo; e que foi ele quem ensaiou o escravo para que dissesse a sua senhora que a pessoa que a socorrera fora ele, escravo!...

O primeiro amante, pois, desta mulher carregada de crimes, era Florindo...

— Ah! Basta...

— Ainda não. O segundo, Marcos, o escravo, João; e ela, Laura...

— Ah!... E o marido?... — exclamou o caçador, como ferido de um raio!

O doutor continuou friamente:

— É aquele que ali está.

Ao mesmo tempo, o homem que estava à porta, deixando cair o seu capote e chapéu, arrancando sua cabeleira, grisalhas barbas e parte da face, mostrou-se como quem era; Laura encara-o, e solta um grito:

— Que vejo!...

— O homem a quem duas vezes assassinaste; teu marido, o Filho do Pescador!...

CAPÍTULO 18

A ELE DEVO TODOS OS MEUS MALES!

Uma inesperada desgraça no momento era que esperávamos uma grande ventura, forma uma dolorosa memória a respeito do nosso passado; uma angústia mortal em nosso presente, e um sentimento desesperado para o nosso futuro! A desgraça tem direito às nossas lágrimas, à miséria, à nossa compaixão; o crime, porém, a ambas, e o rigor das leis; todavia nunca ao nosso ódio.

Se o vosso coração arfou com o peso de demasiado horror, tendo ante os vossos olhos um ente tão criminoso, como a desventurada Laura, eu sinto ter-vos deste modo molestado; mas pondo debaixo de vossas vistas todos os seus crimes, o fio de minha história deveria levar-vos a essas consequências, que há muito devíeis ter infalivelmente aguardado.

Se eu soubesse uma história de sangue, de mortes, de horrores, e enfim de toda sorte de crimes, onde a inocência sucumbisse ao peso dos alheios crimes, certo eu me guardaria bem de vos contar, amando mais tê-la sepultada em meu coração, do que saber que um malvado exultava lendo uma história em que se visse o triunfo do crime! É verdade que algumas vezes isto se tem visto: mas quem em seus desígnios poderá assoberbar a incompreensibilidade da divina Justiça!

É das mãos que Deus lança mão para a sublime provação do bons; os maus, pois, são o instrumento da Justiça Eterna sobre a terra!

Laura merece a punição de seus crimes e se quereis, odiai-a; mas eu vos rogo que antes vos compadeçais dela!

Durante quase as últimas palavras do Dr. Sinval, Laura, gelada de terror e de surpresa, nem já o mais leve som articular podia.

Vós estareis lembrados das últimas palavras de Augusto dando-se a conhecer a Laura, esse raio desfechado sobre o seu coração já tão abatido nessa mais terrível tempestade de sua vida!...

Colocai-vos no meio dessa cena de horror, afigurai-vos espectador deste hórrido e angustiado drama, e senti pouco mais ou menos o que Laura provaria nesse momento horrível, nesse momento de aniquilação e de desordem! Se quiserdes pintar semelhante cena, não empregueis as cores do crime tomadas de empréstimo ao inferno; não descrevais uma cena de satânicos furores... não: é uma cena de dor, de desolação e de espanto!...

Laura havia misturado um grito de horror com as últimas palavras de seu marido; e, perdidos os sentidos, caiu desacordada. Augusto ficou imóvel, o caçador, apertando as mãos sobre seu coração, exclamou insensatamente: — Oh, meu Deus!... — O doutor correu em socorro de Laura.

Bem como aos que a justiça da terra condena à morte, em satisfação às leis, se prodigalizam todos os desvelos já espirituais, já corporais, para que ao menos sua alma aproveite, perante Deus, o sacrifício do corpo; da mesma sorte o doutor empenhou em seu favor todos os meios conhecidos em sua arte. Laura, ao cabo de algum tempo, tornou a si.

Oh! Já não era essa Laura tão cheia de si mesma; já não era essa mulher, cuja majestade enfática impunha um não sei quê de misterioso! Seus olhos pareciam aquebrantados pela força de seus desmanchos e suas faces manchadas pela negridão deles! Seus louros cabelos, que à força de sua queda, em seu desmaio, se haviam desmontado, desatando-se, flutuavam incertos, parte sobre suas costas e ombros, e parte sobre seu rosto um tanto pálido neste momento! Ainda assim interessante!

Laura, com gesto equívoco, com trêmulos passos dirige-se a Augusto, e parando diante dele, sem todavia erguer seus olhos, fala deste modo:

— Há crimes para os quais o perdão é um impossível; os meus são dessa qualidade! Tu me obrigas, neste momento de horror, a amaldiçoar a morte, que tão pouco amou sua presa! Tu devias punir-me quando surgiste do sepulcro. O túmulo em que jazias não devia ficar vazio pela tua deserção, e eu estava obrigada a tomar entre os mortos esse lugar que tu havias desocupado! Tu me poupaste para que eu tivesse tempo de perpetrar mais crimes, e depois deles me virdes cobrir de vergonha!...

— Não; quis primeiro verificar teus crimes.

— E com efeito, hoje tu te horrorizas dele! E não te alembras, que se me tivesses então punido, eu morreria menos criminosa. Pois bem. Tenho direito de pedir-te uma graça e tu deves concedê-la; é a morte! A sua demora será o meu maior tormento.

— Ainda não. O Dr. Sinval deu-se ao trabalho de narrar tua vida de crimes depois do nosso amaldiçoado casamento; eu, porém, tenho alguma coisa que alembrar-te de tua vida de solteira...

— Fala; que falas a um cadáver.

— Laura, foste tu exata quando contaste a tua vida a Florindo. Permite-me que lhe faça algumas correções.

— Fala; que falas a um cadáver.

— A tua educação foi péssima...

— É verdade.

— Perdeste teu pai na idade de dez anos.

— É verdade.

— Abandonaste a casa paterna na idade de treze anos, em companhia de teu amante, cujo casamento tua mãe desaprovava...

— É verdade.

— Foste mãe na idade de quatorze anos.

— Também é verdade.

— Pouco ao depois teu amante abandonou-te.

— Injustamente... e a ele devo todos os meus males, meus desmanchos e meus crimes!... A ele...

— Teu filho te foi roubado e até hoje...

— Também é verdade.

— Ficaste à mercê de um novo amante, e com este, a quem falsamente apelidavas marido, naufragaste sobre esta praia, onde ele morreu.

— Antes fosse eu! Também é verdade.

— Teu nome não é Laura...

— Eu te disse que o meu nome era Maria Laura, mas que todos

me tratavam por meu sobrenome; e eu já tão afeita a isto estava que não acudia senão pelo nome de Laura. Eu te advirto que muitos são meus crimes para a minha acusação; não é preciso calúnias...

—Teu primeiro amante, o pai de teu filho, que já não existe há muito...

— Deus perdoe os seus pecados!

— Chamava-se Sergio...

— Também é verdade.

— Teu filho, que ainda vive, cujo primeiro nome fora Hilano, e mudado na crisma para Emiliano, aqui o tens...

Isto mostrando-lhe o jovem caçador.

— Meu filho!...

— Minha mãe!...

CAPÍTULO 19

OLHA, MEU FILHO!...

Nada há mais fácil do que o arrependimento; nada mais difícil do que a emenda da vida. Todavia pode-se, nos milagres da natureza, encontrar efeitos que jamais produziriam os deveres e direitos da moral: todo o rigor das leis, ou outros quaisquer respeitos humanos; e nesse caso uma única palavra, uma gesticulação é tudo, quando um belo discurso é nada.

Se Augusto tinha em sua imaginação o intento de fazer punir severamente a Laura de seus crimes, certo que assaz imprudente andou em uma tal declaração.

A natureza tem seus milagres, como seus mistérios: descrer aqueles e desacatar estes, não é tão fácil para uma alma bem formada.

A humanidade nos apresenta cenas que, para não estalarmos de dor à vista delas, cumpre não termo sido afetados de um só desses gerais, ternos e imutáveis sentimentos da natureza.

Nós podemos facilmente resistir a certas comoções, ainda até dolorosas, opondo-lhes um pouco dessa filosofia estoica de que blasonavam homens de passadas eras; são essas comoções que, ainda que fortes, todavia não têm, nem tampouco abalaram em seu favor a íntima, e mais terna simpatia de nossa alma! Mas há em nosso coração uma fibra de tal maneira dorida, que, uma vez tocada, faz estremecer de um modo desagradável, e contrair-se dolorosamente a nossa sensação tão altamente movida por uma dor moral, tão ativa, e sobremodo veemente, que obriga a que nossa alma gêmea oprimida debaixo de seu sensível e mortal pesadume! E se há corações em que essa fibra não exercite essas nobres funções, não é que ali não exista; existe, não em seu modo primitivo, como a plasmara o primeiro Autor, mas sob outra modificação, isto é, petrificada pelo crime!

Nós aborrecemos sempre um homem insensível; e até nem simpatizamos com o que não chora no meio de uma grande cena de dor, embora ignorando as qualidades de sua alma!

Nossa alma é sempre grata ao juiz, que sentencia o crime, e chora a humanidade!

Admiramos a constância de Bruto sentenciando e condenando seus filhos à morte; mas quando chamamos sublime esse esforço da humanidade, não o louvamos, nem invejamos um sentimento ante o qual estaca a natureza horrorizada!

A natureza e a humanidade são duas irmãs, ligadas pelas mais íntimas e continuadas relações; mas há da parte da humanidade pontos que não podem ser invadidos pela natureza, assim como da parte da natureza, leis que a humanidade jamais pode aquebrantar: Deus equilibra estas justas relações; tudo está bem como ele fez.

Mas dissemos que aborrecíamos sempre o homem insensível; que nossa alma é sempre grata ao juiz que sentencia o crime e chora a humanidade; que admiramos a constância de Bruto, sem todavia o louvarmos, nem tão pouco invejarmos um sentimento tão contrário às leis da natureza: e por quê?

Por que razão simpatizamos nós com as almas sensíveis e temos até prazer em chorar quando sofremos moralmente impressões *dolorosas?* Dor e prazer são dois afetos inteiramente opostos: *é* um a antítese do outro. Mas poderão eles casarem-se em nossa alma no mesmo instante, na mesma ocasião, e efeitos da mesmíssima coisa? Como é que em certas comoções mistura-se em nossa alma um sentimento de dor com um sentimento que tem uma parte de prazer, ou um sentimento de prazer que tem uma parte de dor?

Por ventura tão benéfico, e ao mesmo tempo magnífico será o sublime maquinismo da natureza humana que em todas as afecções sociais haja uma tal e qual porção de prazer? E parece ser isto uma verdade! Parece que a compaixão ou é um dos nossos mais agradáveis instintos, ou que a tal ponto nos ilude, que dessa doce ilusão nasce esta mesma suposição! Parece que há nela um não sei quê de insuperável atrativo, a que jamais é permitido resistir. É impossível negar por um só momento; é uma verdade de primeira intuição, e universalmente reconhecida, que a compaixão por um efeito de simpatia para com a desgraça é sempre uma dolorosa impressão: a simpatia nos faz tomar parte pelo seu objeto, e então já em sua essência não deixa de haver um tanto ou quanto de amor e de amizade: a compaixão é sempre um sentimento benéfico; e da mistura da compaixão com essa certa amizade ou com esse certo amor, resulta um novo sentimento agradável, o prazer! Não nos esqueçamos, porém, de que a base primordial de todos esses afetos em nossa alma é o amor dos outros, a filantropia.

Em consequência, pois, do amor da humanidade tomam vulto todos esses afetos.

Parece então que esse prazer a que atingem essas comoções brandas e suaves, senão excede, ao menos equilibra-se com a dor de um modo tão pronunciado e tão veemente, que nossa alma, como por um feliz milagre produzido pela reunião de todos esses sentimentos, vem finalmente a achar-se em um como brando êxtase de satisfação!

Cumpre confessar ainda que este prazer doloroso é por si mesmo tão delicado, quer sentir toda a sua mágica força que não fica ao alcance de qualquer sensibilidade: ele perde-se na dor de um modo tão sutil, que se torna quase imperceptível a sensibilidade, como as fugitivas nuanças da íris à vista.

Todavia este prazer, filho de nossos belos sentimentos morais, parece em virtude e deles crescer sempre na razão de nossas dores, para eficazmente contrabalançá-las; e este crescimento prodigioso achando propícias todas as nossas faculdades, encontra em seu favor esse íntimo e desejado beneplácito de nossa própria vontade.

Um coração, pois, bem formado se julga muito feliz quando prova impressões de amor e de amizade; e além de se não julgar descontente, sempre que nos males alheios é abalado por sensações de compaixão e de piedade; dá os parabéns a si próprio, como que satisfeito de tomar alguma parte nos males dos outros, compartilhando-os moralmente!

Suponde que além da honra e da virtude, eu tenho retratado as qualidades morais de Augusto pelo que respeita à sensibilidade.

E de fato, Augusto tinha um coração bem formado; ele era honrado e virtuoso; teria, pois, ânimo para resistir a todas essas impressões dolorosas entre a criminosa Laura e seu inocente filho? É uma luta de dor, em que jogam quase todos os afetos suaves do coração humano; e não isenta de alguns afetos funestos! É, pois, uma luta de amor, de amizade, de ódio, de vingança, de compaixão e de piedade; uma luta enfim da humanidade e da natureza contra a justiça, em que a mesma religião não deixa de ter parte!

Agora vós não tendes perdido de vista a mãe e nem o filho.

— Minha mãe... — Meu filho... — Foram as últimas palavras desses dois entes desgraçados; e caíram nos braços um do outro. Pouco tempo depois, Emiliano, desligando-se dos braços de sua mãe, corre para Augusto, exclamando na mais viva e na mais acerba dor:

— Perdão, senhor, perdão para minha mãe...

— Mancebo — tornou-lhe Augusto —, não merece que implores seu perdão uma mulhar tão criminosa...

— Mas se a criminosa é minha mãe...

Ah! Não foi a voz de Emiliano a que acabastes de ouvir neste momento... não: que está despedaçado; pela mais aguda dor! Foi a natureza que em seus lábios arrebentou essas palavras, cujo enorme peso era bem capaz de esmagar debaixo de si todo o poder da mais bem premeditada vingança!

— A criminosa é minha mãe...

Ah! Palavras doces em si próprias, e agora amargas no fundo de tanta aflição, que amontoavam a mais extrema dor sobre tudo quanto há de mais doloroso!

E com efeito, Emiliano não só as pronunciou no mais aflitivo e patético acento, como no acerbo delírio de sua angústia, atirou-se aos pés de Augusto, exclamando em sentido pranto:

— Ah, senhor! A criminosa é minha mãe! Meu pai... tenho jus a este nome, sois o marido de minha mãe... meu pai, meu bom pai, perdão... perdão para minha mãe... Ah! É minha mãe!...

Que cena de dor! Que luta de sentimentos! Que quadro!

— É minha mãe!...

Eram as palavras que Emiliano repetia, sempre soluçando e abraçado com os pés de Augusto.

— É minha mãe!...

Sinval pranteava como talvez nunca. Augusto, arrependido de sua revelação, tapava o rosto com as mãos, sufocando o pranto. Laura, caída de joelhos, insensivelmente parecia gelada no meio de tantos sentimentos de dor. E Emiliano repetia sempre entre soluços — É minha mãe!...

Que linguagem tão enérgica! Podereis vós nesse grande código da natureza traduzir essas palavras?

—É minha mãe!...

Mancebo, não te calarás?! Até quando queres despedaçar nossos corações? Mas não; dize, dize outra vez: outra; muitas vezes; dize sempre: — É minha mãe!!... Pranteia, pede, roga... Uma mãe, ainda perversa, é sempre cara ao coração de um bom filho! Implora o seu perdão, ainda que te custe lágrimas de sangue! Eis, outra vez, dize sempre; — A criminosa é minha mãe! — Dize, completa o teu triunfo; lança por terra deribado o tremendo altar da justiça; e sobre as suas ruínas coloca a vitoriosa natureza perfumada pelos incensos da humanidade. Laura, no meio desta cena de angústias, caída de joelhos com as mãos erguidas ao céu exclamava, como em um delírio de dor:

— Ó meu Deus, por que a morte me não livra do peso dos meus crimes?

Emiliano, correndo para ela, exclama na maior emoção de sentimento:

— Minha mãe, minha mãe, não desespereis... Deus é grande, e sua misericórdia infinita! Ele não quer a morte do pecador criminoso, porque ama as lágrimas do seu arrependimento!...

— Deus é grande! Sim, meu filho, Deus é grande!... Ó meu Deus, dá-me um arrependimento forte, para morrer digna de meu filho...

Oh, milagre! Oh, triunfo da natureza num coração criminoso! Ela fala em arrependimento... Oh, amor maternal! Oh, natureza!

Neste momento Emiliano estava também caído de joelhos junto de sua mãe, e erguendo as mãos ao céu, exclamava:

— O' meu Deus, lança sobre minha mãe teus olhos cheios de misericórdia! Traze ao teu rebanho, Senhor, esta ovelha dele desgarrada...

Depois, erguendo-se, vem para Augusto, chega-se a ele, pega-lhe na mão direita, beija-a; e sem pronunciar palavra, com uma gesticulação que revelava toda a intensidade da dor de seu coração, e todo o fogo do amor filial, estendendo o dedo índice, lhe mostrava sua mãe!

Nunca a dor, nunca o remorso, nunca o arrependimento, se mostraram tão sublimes, nem jamais apresentaram um tão interessante painel.

Laura, na postura que vos descrevi, parecia implorar as misericórdias do Senhor! Seus olhos, embebidos no céu, nem pestanejavam. Duas fontes de lágrimas se deslizando deles vinham alagar o assoalho em frente de seus joelhos! Era um santo êxtase da natureza e da religião, isto é, do amor maternal e do arrependimento! Sua cabeça era um grande e tormentoso lago de dolorosas reminiscências, em que havia um único porto de salvação — o arrependimento!

Diríeis que era uma virgem cristã espontaneamente votada a Deus, que orava ante o altar, e que se achava num desses instantes puramente psicológicos, em que a alma embebida em divinas ideias teófilas se deleita nesse suave remanso de santas contemplações!

Era, pois, uma Madalena, que meditando no amor do Cristo, chorava os erros e os crimes de sua passada vida de pecados! Seu rosto se mudava de cores, e quando pareceu mais calma, ela disse, como em suave alucinação:

— É meu filho! É meu filho!... A minha alma estava na escuridão do crime, e a luz do arrependimento brilhou em minha alma! Um anjo desceu do céu até mim... É meu filho! É meu filho!

— Ó meu pai — disse Emiliano —, que momento! Aproveitemo-o: seja ele um momento de triunfo para a natureza e do prazer para a humanidade, coroado pelas flores da religião! Ela está arrependida. Ó meu pai, perdoai-lhe; e seja este instante de felicidade para nós todos. A morte, ou o eterno degredo de minha mãe, de nada vos poderá servir; e o seu arrependimento e o vosso perdão serão os mais belos episódios da história da vossa vida! Ah, meu pai! Nunca o nosso amor-próprio se enche tanto de si mesmo, e tanto se lisonjeia e orgulha, do que quando perdoamos uma grave afronta; e é por meio do perdão unicamente que o homem se assemelha a Deus. Ah, senhor, se tendes sabido sofrer como um filósofo até hoje, sabei também perdoar como um Deus!

Minha mãe conspirou contra vós, é bem verdade; ela vos assassinou, mas Jesus Cristo, do alto da cruz bradava: "Ó meu Pai, perdão para os meus algozes." Ah, senhor, imitai-o; mostrai que vosso coração possui esse, o mais belo sentimento da religião cristã! É grande o sacrifício, é bem verdade, mas tanto maior será também a vossa glória!

Nada tenho sobre a terra; perdi meu pai na infância, não tenho parentes... ai de mim! No momento em que o crime me restitui minha mãe, fazei que a vossa virtude me conserve seus dias!

Já ninguém podia suportar esta cena, quando Augusto, chegando-se a Laura, e pousando-lhe levemente a mão direita sobre um ombro, com voz um tanto comovida, disse:

— Laura, estás verdadeiramente arrependida dos teus crimes?

— Olha meu filho!...

— Laura, tens forças bastantes para chorar uma vida tão cheia de horrores?

— Olha meu filho chorando!

— Laura, queres a vida?

— Para chorar lágrimas de sangue, dignas de meu filho; e para à custa delas, alcançar de Deus o perdão dos meus delitos...

— Laura, queres um convento?

— Para a dor, para a contrição, para as lágrimas e para uma morte cristã.

— Oh, amor maternal, oh, natureza! Como sois belos até mesmo num coração criminoso! Laura, eu te perdoo...

— Minha mãe!...

CAPÍTULO 20

UM EPÍLOGO E REFLEXÕES

Quando nos remontamos às causas, os acontecimentos aumentam ou diminuem muito a respeito do que são em si próprios. Voltemos a um passado; aí procuremos origens; se as encontrarmos, consultemos os erros, estudemos os crimes; e eu vos-afianço que, feito um tal exame, seremos justos.

Acabamos de uma cena de lágrimas! Nossas sensações foram terrivelmente abaladas à vista de um espetáculo de lutuosos sentimentos! Nossa alma está fatigada por tantas impressões dolorosas! Nossos corações foram despedaçados nessa luta sentimental da natureza, da humanidade e da religião! No meio de uma chusma de diversas afecções nossa imaginação vagou incerta, declinando equívoca entre a piedade e a vingança! Nós provamos afetos horrivelmente dolorosos, e não sem traços de algum júbilo! Agora a justiça não está sem alguma satisfação. A natureza exulta, a humanidade folga, e a religião está contente! Justo que descansemos de tantas fadigas morais.

Vós me pedis duas explicações, contem saber: por que via o doutor Sinval soube a história que lhe ouvimos; e como sabia Augusto a história do Laura durante o celibato dela?

Tão razoáveis são as vossas questões, que eu vou satisfazê-las num epílogo e reflexões.

Sérgio, que já conhecemos, foi o primeiro amante de Laura e pai de Emiliano. Este mancebo dissoluto, três anos depois que roubara Laura à sua mãe, e dois anos depois que ela lhe dera um filho, a desprezou sem que, para tal, razão alguma tivesse. Laura, à mercê de um novo amante, teve de sujeitar-se ao seu destino: foi com este homem que ela viveu uns treze anos pouco mais ou menos. Ao cabo desse tempo, mudou-se para o Rio de Janeiro com seu amante: foi com este que naufragou, e que, morto nesse naufrágio, ela pranteava, chamando-o seu marido. Cumpre notar que Sinval sabia, até alguns anos atrás, que este homem não tinha desposado Laura, como veremos; e quando Augusto disse à sua mulher que ela não era esposa desse homem morto no naufrágio, ele o não podia assegurar; não era pois mais que uma bem fundada suspeita; mas Laura a confirmou.

Quando Sergio abandonou Laura, tirou-lhe seu filho, que então tinha dois anos, e Laura nunca mais viu essa criança; tendo apenas notícias de que vivia, cuidado que ela sempre tinha de perguntar por ele.

Estas mesmas notícias cessaram quatro anos depois da ingratidão de Sergio, porque este, vindo à cidade com seu filho, então de seis anos, o deixou na casa de Sinval, de quem era íntimo amigo. Foi a este médico que Sergio contou, não só toda a sua história com Laura, como também toda a história dela. Foi também nessa ocasião que Sinval foi padrinho no crisma de Emiliano, cujo primeiro nome, por estranho no calendário dos santos, lhe foi mudado.

Por este mesmo tempo, fez Sergio uma viagem a Minas Gerais, donde nunca mais voltou; e não aparecendo em parte alguma, foi reputado como uma das vítimas da Mantiqueira de tão dolorosa recordação.

Emiliano ficou então órfão de pai, porque este havia morrido; de mãe, porque nem ele conhecia Laura, nem ela a Emiliano. E, pois, dos nossos personagens só Sinval era quem sabia o nome da mãe de seu afilhado e toda a sua história, bem que não a conhecia pessoalmente.

Emiliano, depois que soube ler, passou a outros estudos, onde mostrou um raríssimo talento: Sinval amava-o como a seu filho.

Na idade de treze para quatorze anos começou Emiliano a sofrer muito em sua saúde, a ponto que a tenaz moléstia mostrando-se rebelde a todo o império da medicina, Sinval resolveu mandá-lo à Europa para a casa de seus parentes a ver se melhorava, como de fato aconteceu. Emiliano esteve em Lisboa dois anos e alguns meses, depois do quê, voltou ao Rio de Janeiro, na idade de seus dezessete anos. Foi então que ele viu Laura pela primeira vez, tendo ela os seus trinta e um anos, mas tão formosa e gentil, como nos seus dezoito!

Ora, foi durante a ausência de Emiliano que Laura naufragou, como vimos, e que Augusto desposou-a, estando Sinval fora da cidade, em uma viagem que fez por motivos de saúde, em que se demorou quatro para cinco meses: tendo voltado para a cidade, achou Augusto casado; e tendo visto Laura, combinando quanto Sergio dela lhe contara, junto ao nome de Maria Laura, veio no perfeito conhecimento de que era ela a mãe de Emiliano. Notemos de passagem que Laura fugia sempre a conversações que tendessem ao seu país natal, e que pudessem implicar-se com sua vida passada; e conquanto dissesse a Augusto, quando este lhe perguntou por seu nome, que se chamava Maria Laura, todavia acrescentou que mais acudia pelo nome de Laura, seu sobrenome, por antigo costume, em que a haviam posto todos os que a conheciam, o que era verdade.

Esta ingenuidade de Laura era uma carta de recomendação que a faria conhecida um pouco mais tarde: ela tinha, é verdade, sua malícia quando se aproveitava de seu sobrenome em detrimento do nome, mas não sabia ser maliciosa, por isso que dava aquele mesmo pelo qual era de todos conhecida: melhor andaria se dissesse a Augusto que se chamava Maria; e mudasse o sobrenome; mas a infeliz não queria mais que encobrir os erros de sua passada vida; não estava ainda ao todo corrompida, enfim, carecia de um sedutor mais hábil.

Desta arte, quando Sinval perguntou a Augusto pelo nome de sua mulher, este, não só lhe disse, como fez-lhe a mesmíssima explicação que Laura lhe fizera. Já se vê, que mais não era mister ao doutor para conhecer a mãe de seu afilhado.

Sinval, de posse destes segredos, guardou-os religiosamente, porque para com Emiliano a prudência lhe mandava calar-se; para com Augusto a honra, e para com o mundo, uma e outra.

Foi depois da suposta morte de Augusto que seu amigo se abriu com ele sobre estas coisas: eis como Augusto soube da vida de Laura, durante o seu celibato. Augusto foi quem revelou ao doutor quanto este declarou, lançando em rosto à Laura todos os seus crimes, como o mesmo Augusto os vira e ouvira. Bem se vê a combinação entre os dois!

Três dias depois desta última cena de dor que vos descrevi, uma pequena questão teve lugar entre Emiliano e seu padrinho: ela não é todavia necessária à nossa história, mas eu vos apresento, porque pode servir como um toque de moral dela.

Emiliano tinha em Lisboa (porque apenas ali chegou, se estabeleceu) continuado a frequentar os estudos e com grande aproveitamento. Além de sua rara habilidade, ele era dotado de mui bons sentimentos muito religioso e cheio desta moral sublime, belo tipo de todas as grandes virtudes! Sinval gostava de ouvi-lo, ou como dizemos vulgarmente, de *puxar por ele.*

Jantava Augusto com seu amigo doutor e com Emiliano; aconteceu a conversação recair sobre o sincero arrependimento de Laura, quando Sinval disse:

— Em verdade, eu creio nele; aprovo até os sentimentos de Augusto; andou bem assim; mas confessemos que Laura era assaz criminosa. O meu afilhado perdoar-me-á esta franqueza.

Emiliano estremeceu ouvindo estas palavras, e um ardente rubor, após uma fria palidez, deu mais encantos ao seu rosto, e ele disse:

— É verdade, meu padrinho; mas nós, os homens, somos tão maus, que dando motivos a quase todos os crimes das mulheres, não só nos não encarregamos de parte de sua expiação, mas também não tomamos sobre nós um tanto ou quanto de sua culpabilidade! Deixando de parte as ideias favoráveis aos maridos e aos amantes a respeito de constância, e tão desfavoráveis às mulheres de quem tudo exigimos e a quem nada concedemos (exceto as zumbaias, os cumprimentos, as polidezes e elogios de uma sala, como por escárnio), falarei tão somente de outras coisas.

"Nós temos organizado uma sociedade a nosso bel prazer, e à cerca das mulheres nos constituímos a um só tempo partes e testemunhas, juízes e acusadores!

Quantos homens, meu pai, encontraremos como vós e como meu padrinho? Certo que mui poucos. Em o número de cem mulheres, nós encontramos apenas dez, cujo despejo, cuja falta de sentimentos as fez solicitadoras de alguns homens; em quanto em o número de cem homens não deparamos com dez que não tenham solicitado, que não tenham seduzido alguma, mulher! Esses sedutores ignorariam que tal senhora era uma donzela amada de seus pais? Que esta era uma esposa prezada de seu marido? Que aquela era uma querida amante, por cujo procedimento era responsável a seu amado? Eles não ignoravam. Entretanto, a ambição natural cede à hábil sedução; o amor-próprio à lisonja, e a fraqueza ao crime! Desde então, esta mulher caída é olhada com desprezo; seu nome é acompanhado de um epíteto de infâmia; sua presença revela uma ideia de menos preço... justo castigo de sua fraqueza, é bem verdade! E por que não sofre outro tanto o seu vil sedutor? A não contarmos bem poucos homens austeramente honrados, ele é de todos bem tratado, bem acolhido; aparece em toda parte sem repugnância de pessoa alguma; alardeia as suas belas qualidades de sedutor, contando as suas felicidades, e é olhado como um belo espírito, como um cavalheiro galante, um moço empreendedor, enfim!

As mulheres na sociedade são sempre o que nós queremos que elas sejam, visto sermos nós os diretores delas. Nós, pois, somos os seus originais; nós lhes damos o tipo de suas ações; seus costumes são obra nossa; nós as exemplificamos, dirigimos a sua conduta, porque somos os motores de seu pensamento pelo que respeita à sociedade. O gênio de uma nação nada é mais que uma ideia, que representa as mais fortes e decididas inclinações da nação; esta ideia pertence a todos os indivíduos dela, salvas algumas raras modificações.

Conquanto as inclinações primárias do coração humano sejam assaz poderosas, todavia elas se corrigem por uma feliz educação: tudo cede ao império da vontade; e ela criando costumes, forma uma nova natureza que, bem que artificial, com efeito grande revolução faz em inclinações naturais a respeito da sociedade, emendando um coração que mal se dirige em suas afeições!

Em uma nação, é da maior pronúncia da moralidade individual que resulta a moralidade nacional, a que revela altamente o gênio da nação.

Em qualquer nação há sempre mais ou menos certos crimes: evitá-los absolutamente é impossível: não obstante, nosso juízo seria sempre desfavorável aquele povo entre o qual, além de haverem outros crimes, houvessem muitos desmanchos entre senhoras casadas e donzelas; e essa corrupção não pertenceria exclusivamente às mulheres, pois que para que elas fossem corrompidas, deveriam os homens serem corruptores, para o que cumpria serem sedutores. Um povo houve (creio que o ateniense) que, punindo com pouca severidade o que abusava de uma mulher por meio da força, punia severamente o que a seduzia, tanto o seu legislador conheceu o poder dessa arma tão formidável.

Entre nós, olha-se para um sedutor sem a menor repugnância, ao passo que se olha para sua vítima com desprezo; e todavia a punição do adúltero e do estuprador (quando este abandona sua vítima) parece não estar em relação com seu delito!

Sejamos mais positivos. As ideias de virtude e de vício não são meras convenções humanas, elas têm um certo quilate da natureza, e a mesma natureza pune os excessos de um coração, que se não sabe dirigir em suas afeições.

Seja influência da natureza, seja efeito da civilização, o universal consenso tem ligado a ideia de prêmio à ideia de virtude, e a ideia de castigo à ideia do crime; mas nos vícios contra a castidade, nos vícios contra a fidelidade conjugal, nós nos esquecemos dos castigos que os seguem contra os homens, e só os aplicamos contra as mulheres!

Demais, como é que exigimos nós delas uma constância inabalável, uma virtude de ferro, se nós somos os mesmos que as corrompemos e as arrastramos a toda sorte de crimes? A pregação não é bastante, cumpre o exemplo: os exemplos ferem mais aos corações do que as palavras aos ouvidos! Enfim, onde os homens são demasiadamente corrompidos, as mulheres são sempre falsas! Confesso que elas, por mais fracas, estão mais expostas aos crimes, que nascem de sua fraqueza; mas hão de conceder-me que numa sociedade bem morigerada esses crimes são menos frequentes.

Minha mãe tem sido bem criminosa, não o neguemos; é uma mulher cuja educação foi pouco, ou para melhor dizer, de nenhum modo curada: de tenra idade perdeu sem pai, e tendo treze anos abandonou a casa paterna: este crime foi o originário de todos os seus crimes, que mais tarde deveriam segui-lo; este crime... com dor o digo, foi do meu desgraçado pai!... — este lugar duas lágrimas fugiram de seus olhos; ele enxugou-os e continuou: — Ou fosse minha mãe que lhe propusesse a fuga, ou fosse ele, certo é que o crime é sempre dele; se foi ele, então dele só; se foi ela, sempre o crime é dele, pois que sendo mais forte e devendo ser mais pensador, devia fazê-la desistir de um tal intento, pintar-lhe todo o horror de tão negra ação, asseverar-lhe as suas consequências, enfim enegrecer a fuga de uma donzela do lar paterno, como um infando crime! Oh! A palavra crime é sempre horrível aos ouvidos de uma virgem, e mormente na idade de treze anos, idade tão susceptível de correção. Depois meu pai deixou-a injustamente; outro motivo para seus crimes... mas ele já não vive, Deus lhe perdoe, respeitemos nós a sua memória, e seja esta a última vez de uma tão triste recordação! Minha mãe então teve de sujeitar-se ao seu destino, e durante o prazo de treze anos, pouco mais ou menos, nada se sabe de sua vida; talvez não fosse solicitada, o que custa a crer, estando a isso assaz exposta, atenta à sua extrema beleza; mas eu concedo que o não fosse: não há, pois, virtudes nem vícios nesse pedaço de sua vida; é isto o que o mundo chama viver honradamente (este epíteto pertencer-lhe-ia se ela fosse então casada, pois que não sê-lo era o seu único defeito); sim, honradamente, isto é, sem virtudes e sem crimes.

Minha mãe veio para o Rio de Janeiro, um naufrágio roubou-lhe o homem que amava; e nem como crime reputar-se deve o ela chorá-lo, como marido, querendo assim encobrir sua falta aos olhos de quem a não conhecia. Mudou então de estado, ampliou-se o seu círculo e alargaram-se os conhecimentos: ela estava, pois, no Rio de Janeiro, principal cidade do Brasil, onde uma extrema beleza, mais que em nenhuma parte, está exposta; onde a sedução tem uma linguagem mais eloquente; onde a lisonja emprega um estilo mais florido, e onde o vício tem atrativos mais poderosos. Foi, pois, nesta cidade onde um hábil sedutor, um malvado, a arrastrou após de si a todos os crimes! Cumpria então que esse homem com uma justa emenda soubesse modificar sua vítima, que sofresse com ela todas as consequências de seus delitos, que compartilhasse a sua sorte, que vivesse com ela e para ela depois desses horrores; enfim, que gozassem ambos as mesmas venturas, ou caíssem vítimas da mesma ruína! Mas bem ao contrário, ele fez como todos os sedutores, isto é, como o crocodilo que empolga a sua presa, devora-a, derrama sobre seus restos lágrimas insultuosas, e acaba por abandonar-lhe a ossada! Ele, pois, pretextando a mais infame virtude, com a mais escandalosa hipocrisia, abandonou-a irritando de um modo horrível o amor-próprio de uma mulher, cujo coração ele mesmo havia sublevado e pervertido! Esta ingratidão, este odioso procedimento devia ter uma bem funesta consequência, a vingança; ela não tardou, e ele sucumbiu debaixo do seu peso!

Agora, meu padrinho, eu vos rogo que passeis pela imaginação os crimes desta infeliz mulher, e vede se não achais neles uma causa que existe fora dela?

Talvez que minha mãe recebesse da natureza uma índole má, mas essa mesma podia ser modificada, e melhorada por uma propícia educação.

Entretanto eu vos rogo que me perdoeis pela liberdade com que falei; bem vedes que a causa me toca. Enquanto aos meus respeito e estima, não me é mister ainda hoje protestarvos."

Assim terminou Emiliano o fio de seus raciocínios. A conversação volveu a pontos mais agradáveis. Nesse mesmo dia o fiel João recebeu o título de sua liberdade, e tantos quantos benefícios Augusto lhe pôde fazer. Emiliano ficou também sob a proteção deste generoso mortal quase como seu filho.

Se nessa época existísseis e fosseis ao Convento do Desterro, veríeis muitas vezes no locutório, recostada à grade da parte de dentro, uma mulher pálida, descarnada, mas ainda formosa, algumas vezes derramando lágrimas de dor e arrependimento; enquanto um formoso mancebo, em pé, da parte de fora, a contemplava com um certo sentimento de dor e talvez de prazer. Este mancebo era Emiliano, e a mulher era Maria Laura, a esposa do — FILHO DO PESCADOR!

VERMELHO MARINHO

Spirit

BRASILIARIS.COM.BR